再見小壁虎

全新插畫經典復刻版

鄭栗兒——著
蔡豫寧——繪

好讀出版

再見的理由

夏天的雲在藍空中如此美麗，流動的每一瞬間，呈現各種豐富多彩的變貌。在我小時候，我在山上的小學每天看雲，閱讀宇宙，一年四季天空、海洋的顏色都不同，都有獨特的風景。

我閣樓的家裡很狹小，裝不下我對世界的想像，但整座山都屬於我，沿著山間迷宮山巷，通往山頂我的小學，全是我的遊樂場。

我的第一本書《我是懶的》（一九九〇年出版）首篇《屋頂小孩》寫到：有一個小孩喜歡爬到屋頂上，站在高高的地方，可以看得好遠好遠……，上面的視野很空曠，雲很低……，世界原來這麼小，都在自己的腳底下。

這篇詩文某方面也描述著我這一生的內在意願：peace and love，過著簡單乾淨的生活，同時以一種高度觀看生命和世界。我一直無法過度涉世的原因，是因為我內在的靈魂，無法適應人世間的追逐勝利、成功，以證明自己，這不是我的價值觀。

我喜歡雲，更因為它們如此自由、變化多端；我喜歡在山上吹風，讓我感受一種自由與流動，當然，這也是山上小學帶給我的養成。在這些年中，即使小學廢校了，我還是會經常回到這裡，也帶領一些朋友尋訪我成長的足跡。

話說回來，一九九一年出版的《閣樓小壁虎》是沒有續集的，只是「成人非童話」系列中的一本。為什麼十年後的千禧年時，我決定要再寫《再見小壁虎》呢？

十年中，我進入婚姻，建立家庭，也有一份文學主編的工作，在看似美好穩定的生活中，我內在的靈魂卻感覺到一種束縛，覺得我在謀生，我在應付世事。當然多年後，我也明白每一個階段的經歷其實都是必須的，生命的每一個劇情、每一場安排都是剛剛好的，都是宇宙給予你的教導。

我還記得千禧年前有許多的傳言，包括電腦千禧蟲將造成癱瘓，還有地球即將毀滅等等的末世預言，當然這些恐慌最後還是被跨世紀的喜悅給取代了，儘管表面什麼事也沒發生，但整個世界似乎快速進入到某種意識崛起的新領域。舊有的能量轉換為新的動力，整個世代也經歷著一場無言的、快速的更新。

我在千禧年時，決定依照我的內在意願去過日子，重新回到自由創作的生活，同時，在這十年間我也收到許多小壁虎書迷的來信問說：「小壁虎究竟有沒有死？」有的甚至說：「如果死了，那叫我們如何繼續懷著希望活下去！」所以我也構思小壁虎三書列為我千禧年的寫作計畫，仍由原來漢藝色研出版公司出版發行。

與《閣樓小壁虎》的差別是，走出閣樓去領略四季的《再見小壁虎》，主角變得更活潑而健壯起來，同時他的朋友變多了，不是只有老蜘蛛，還有許多有趣的人物加入，有些是過去「成人非童話」的角色，像是《癩蛤蟆王國》的蛤蟆們，還有《被月亮鈎掉翅膀》的海子精靈等等，彼此交會成詩，我也讓小壁虎談了場小戀愛……，使《再見小壁虎》的內容更具人生的閱歷與深度。

時隔多年，《再見小壁虎》能夠由好讀重新出版，對我來說，是一份豐盛的紀念品，重新閱讀二十年前自己的創作，好像打開了神祕的時間寶盒，過去的那個自己原來一直在往現在的自己前進著，並堅持著：peace and love，過著簡單乾淨的生活。

有段內文還是很感動我，就以它做為結語：現在小壁虎終於明白，老蜘蛛要他抬頭看雲的原因了，原來生命的行進便是一場雲的軌跡，自由來去、無向飄動。生命是此時此刻，像雲一樣享受現在的狀態，不管任何狀態，都去歡迎它，擁抱它，這就是自由。

——愛來自栗兒，二〇一九年七月十六日

從春季到秋季，
小壁虎的旅行是一場愛之旅，
學習真愛與生命盛禮的體悟。

1

當宇宙的光都甦醒，天空的月亮和星星都稀疏，黯黯的濃厚雲層也隨冬天的盡頭而逐漸化開。一種奇異光的力量透過閣樓的天窗，聚焦在那一隻四腳朝天、癱躺著小壁虎的身上。

他的腳輕輕動了一動。

從緊掩的木頭小窗縫隙，吹進一絲春天的和風，緩緩地拂著他小小的身體，如同溫柔的母親的愛撫，以至於他冷冷的血液，被某種生命訊息呼喚而醒，開始一點點流動起來。

這一動，也引動了小壁虎沉眠已久的意識。

他慢慢甦醒，睜開眼睛。起初是半睜著，因光線太強，尚未適應習慣。接著，他完全睜開了那一雙無邪的眼睛，周邊景物逐一映入眼簾。

舊書桌，舊書架，蒙上灰塵被白蟻啃噬一角的書籍，舊式轉盤唱機及唱片，一只鎖已鏽跡斑斑的樟木櫃，孩子們過時的玩具……以及一團蜘蛛絲網。

一團蜘蛛絲網。

他的視線凝止在那裡。彷彿做了一個長長的夢。漫長冬眠時光的一場星星般的夢境。

但那好像是上輩子的事了，他突然想不起所有的過程與發生。隱約中，只記得一句話浮上腦際：「做一隻屬於你自己的小壁虎！」

那是誰說過的。

他的焦點離開了那一團蜘蛛網，「好吧！至少我得把身體翻過來。」小壁虎心想著。

是的，這四腳朝天的姿態可不好受，他看著自己的肚皮，翻了一個身，轉過來。

這時，窗外的春天正絢爛，風依然輕柔地吹，天窗射入的光更強烈了。

小壁虎隨著風的指引，慢慢爬上緊靠著牆壁的矮書桌上，腦袋貼近書桌上頭、灰

灰的小窗玻璃。緊接著，他的心臟震動了數下，有一種眩暈感。

該怎麼去形容小壁虎與春天相遇的驚歎心情？雖然灰灰的窗玻璃，無法完全明晰呈現窗外春天閃亮的景致，但那一股活潑的氣息仍打動了小壁虎的心。

一群麻雀群起而落，疾降的速度，如同一團點、點、點，著落野地上，接著又以相同的速度飛奔天空。

野地裡，光打在綻放的花叢，那是紅色、紫色與金黃色；光打在嫩葉繁生的密林上，那是鮮綠、翠綠與墨綠……，小壁虎從未見過如此豐盛的色彩，他睜大眼睛，進行一趟嶄新的視覺之旅。

「這是——春，天，嗎？」小壁虎自問。

他是從哪得來關於春天的印象？

「春天，溪水開始淙淙地流，樹木發出綠色新芽，小鳥快樂唱歌，陽光開始經常照耀。」

一定有人告訴過他關於春天的事。

他回首看了一眼空蕩破舊、異常沉悶的閣樓，又轉身望向亮亮的一團春意的窗外景色。再次地，回頭巡視室內的一切，目光落在散落的蜘蛛網上。不曉得為什麼，雙眼各流了三滴眼淚。

然後，他從玻璃窗下的隙縫鑽了出去，開始人生的初旅。

風，第一個迎接他。

才剛從窗口鑽出，觸碰到戶外新鮮空氣時，春天和煦的風，就親親他的臉頰，拭乾淚痕。他感到開心極了，覺得往後的一切應該會很順利。世界以一種新奇的華麗，開展在面前，每一處小小的細節，都充滿生動與驚異。

陽光照耀身上，他更開心了，這是生平第一次曬太陽哩！他開心得都快跳躍起來，曬太陽的滋味讓他升起一種幸福感。於是，他又靜靜地趴了下來，接受朝陽的拂照。

這是大自然贈予的第一個感動訊息：只要有陽光的地方，就有生命的力量。

雖然他還不知道如何成為一隻真正屬於自己的小壁虎，但深信只要不斷地注意大自然給予的每一個訊息，就能指引出一條未來的方向。

他在野地的草叢上躺很久了，覺得肚子有些餓了，該去尋找食物。

餓——他躍起來，記起上一個冬天的事了。

那不是夢，而是真實。

一隻老蜘蛛自願犧牲生命讓他果腹，使他得以度過漫漫冷冬；並經驗一場特別異樣的人生——老蜘蛛的愛之旅。

餓的感覺再度湧現，使他分不清此刻流下的淚水，是因為餓的關係，還是出於感動的心緒。

他憑著天生的直覺，朝野地繁花最盛處奔去，蒲公英、下田菊、鬼針草，以及紫茉莉……等等小花草都展現姿色，小壁虎穿梭其間，聞到迷人的花草之香，單調的感官經驗因而豐沛起來。

花草間藏著無數肥大的毛毛蟲，小壁虎伸出長舌，捲住，嚥進肚裡，食物的美

味令每一個細胞充滿甜蜜感的滿足。

他再次體會幸福的滋味。

這野地有多大，他奔跑起來，想測量其邊際界限。他跑得很快，以體內所能爆發的最大極速，恣意投入這野地的懷中。

最後，他倒在一棵巨樹之下，享受巨樹呼吸起伏的涼爽陰離子。樹枝上停著一隻貓頭鷹，睡得很熟，小壁虎爬上去和他說話，他都沒醒，奇怪的鳥。

小壁虎自己玩耍了一天，在廣闊的天地遨遊，他抬頭看天空，雲蜷成一朵朵，浮盪著。他的生命意義也浮在雲上頭，但不知道那意義究竟為何？

他看著一隻巨大的鳥，像一隻風箏慢悠悠地飄在雲端，旋飛著。那是鷹，他記住他的樣子，極自由、極自然地飛越天空，融入天空，彷彿慶祝飛翔。

然後，他累了，睏了，最後的夕陽滑入地平線下，放射最耀眼迷人的光華，奇瑰的顏彩，他看著，睡著在一棵不知名的灌木幹上。

每一天都是一個新的日子，他喜歡這種感覺，隨時可以重新開始，在新的空白頁

上，填上新踩的腳跡行印，掉落的葉片脈絡，以及蛻化的鱗皮。

野地孕育著他，他漸漸長大，沒有朋友。孤獨，帶來安靜，他靜靜地微笑，靜靜地看著身體的變化，有時，靜靜地哭泣。

他常常抬頭看著雲的流動，看著自己的生命意義要教導自己什麼。他等著它開口，但是它什麼話也沒說。他也常常凝視那隻飛翔的鷹，驚詫於鷹振動的力量與恆久的持續力。鷹已化成無形中的一個對象，雖然他不知道自己總是遙遙看著他，而相同的孤獨感，使小壁虎產生一種貼切的慰藉心理。

這是一隻什麼樣的鳥呢？

小壁虎猜測著。

2

時間以水平的方向前進，花開了，花又謝了，季節更迭，地球自轉、公轉，月圓、月缺，星星們在不同位置逐一發光……

餓的感覺已經消逝很遠，滿足的感覺也變得很平淡。但是事物總有變化，當視一切為平常，所有的一切又會以不同的姿態，提醒著它們的存在。

捕一隻蟲吃，對小壁虎而言，已經很簡單，他天生帶有這種本事與靈感。

像現在，一隻蟲正在風鈴花葉上蠕動著，小壁虎遠遠瞧見，往前奔躍數下，以敏捷的動作迅速捕獲，這時有個奇怪的聲音出現了。

「你這樣很不禮貌，很不禮貌！」

小壁虎四下巡視，卻找不著任何身影。

「那分明是我的食物，你就毫不客氣地吃掉了。」

那聲音發自風鈴花的枝葉上，難道是花在說話嗎？小壁虎試圖向花解釋。

「對不起，因為太餓了，所以事先沒向妳打個招呼。」

好奇妙哦！花竟然會和他說話，這是從未有的經驗。之前，沒有任何花曾和他說過話，也許每一次捕食，都得先向昆蟲們所在位置的植物預告一下，才算是有禮貌的，這點，老蜘蛛沒教他。

風鈴花依然很生氣，擺動著枝葉，「我等很久呢！等著那隻慢吞吞的毛毛蟲花半天時間才總算爬到這裡，你就毫不客氣地吃掉了！」

風鈴花越來越氣，以至於枝葉整個泛紅，啪噠一聲，原來是一隻變色龍，原本貼近植物變成一身深綠的保護色，因為生氣之故而轉為紅色，像是一隻小噴火龍了。

「你，不是花，你是什麼？」小壁虎嚇了一跳。

「我是什麼，問得真不禮貌！我是一隻善變的變色龍，瞭解嗎？變——色——龍！」說得很大聲，一副很偉大的樣子。

變色龍沒有放過小壁虎，「現在，還我一隻蟲來。」

「可是——，誰規定那隻蟲該是你的。」小壁虎顯得很疑惑。

「沒有誰，就是我，我先看到的。總之，我不管誰規定，現在，我要你還我一隻蟲來，否則——，否則我就跟定你，直到你還我一隻蟲！」

變色龍終於找到一個懲處的方法，理直氣壯的，但身體鱗片的紅漸漸褪了下來。

「好吧！」

雖然有點不知所措，但涉世未深的小壁虎實在不懂如何應付這隻不合理的動物，只有順應他。

「我跟你說，你不要以為捕蟲是很容易的事，隨隨便便撲過去，一隻蟲就落在你嘴裡，要天時、地利、人和三方面的配合。天時，他正好出現；地利，你正好在他周圍；人和，你抓住他，而沒有意外的闖入者出現。」

除了不合理之外，還是一隻聒噪、喋喋不休的動物。他說完話的同時，小壁虎已經又捕獲另一隻更肥大的毛毛蟲，遞到面前。

「給你，」小壁虎善意地奉獻這隻毛毛蟲，「很抱歉，不小心成為一名意外的闖入者，但是捕蟲的技巧更重要是行動果決快速，你必須去找蟲，而不是等著他出現。」這是小壁虎最近以來的捕蟲心得。

變色龍覺得沮喪極了，鱗片換成了灰色，這麼快就讓自己的要求得到滿足，快得讓自己難以吞嚥這隻肥大的毛毛蟲。

「那麼，我可以離開了嗎？」

初次發現野地的那一群麻雀，此刻又再度飛掠而過，朝著野地地平線急去，像是追逐某個神祕的夢想一般，突然間，彷若一股莫大的吸引力，吸引著小壁虎的心隨之而去。

變色龍很大聲地說，「不行，你不能一走了之，懲罰不能這麼快就結束，它必須有個起碼的時間長度，還要付出相當的痛苦代價，而不是這麼的輕而易舉，這樣太便

宜你了。」

「可是，我已經還你一隻蟲了。」

「那不夠，你還得付利息，而且你使我的心受傷了，一顆受傷的心，很難用實質的物品做為補償。我必須一直懲罰你，直到我的心覺得不再受傷，甚至產生一種懲罰的快感。」

這下麻煩了，小壁虎被嚇住了，他必須趕緊脫離這隻纏人的變色龍，麻雀們已經越飛越遠，都將消失蹤跡。但是頭腦是很壞的東西，你越叫它這樣，它就偏偏要那樣，頭腦的叛逆與自以為是往往迷失了內在的心。

這隻變色龍也被他的頭腦蒙蔽了，他要抓住小壁虎，完完全全地抓住。

「你必須留下來，我不會放過你！你必須不斷地為我捕蟲。」

快速襲來的受傷，像一場劇烈的風暴，要摧毀萬事萬物，風暴起因於大自然的變化，而當小壁虎以天生的本領捕獲兩隻毛毛蟲，那一種自信的散放與力量的投射，使擅於偽裝、內在空虛的變色龍，一時間升起強大的嫉妒風暴，他決定摧毀他。

「你很自私，所以也很容易受傷。」

小壁虎陷入困境，麻雀們遺棄了他，夢想自地平線消失，他開始難過起來。他也被頭腦蒙蔽了，所有的念頭只想讓這隻討厭的變色龍同意放他離去。不自由的窒息感，令他渾身僵硬起來，一時間他動彈不得，也忘記四肢屬於自己的身體，他大可一走了之，讓這隻惱人的變色龍自行處理他的傷口。但無論如何，他畢竟是一隻善解人意的小壁虎。

他們之間形成一個僵局。

幸運的指引跑去哪裡？一朵雲兀自來去，不留下任何訊息，既然身體動不了，他只好留下來。

「你要我做什麼？」小壁虎張動無邪的眼。

變色龍轉動著驕傲的頭，得意洋洋地道，「你得為我捕上至少三十個日出日落的蟲，每時每刻還得接受我無情的批評一番，如此看我受傷的心有沒有因此而得到平復，如果沒有，屆時再決定新的懲罰方式。」

日出日落是一天，三十個日出日落是三十天，小壁虎得為變色龍捕食三十天，並和他的語言暴力共處三十個日子。

「就這樣吧！」

小壁虎決定接受一切逆境，變色龍開始嘲笑他，並以各種難堪的話語不斷譏諷。

「你不過是一隻懦弱而愚蠢的小壁虎！」

一開始，小壁虎覺得自尊心深受打擊。他試圖反駁，自己並非懦弱，而是學習忍耐。

「你抓的蟲很難吃，正因為你長得可笑的緣故。」

他也懷疑起自己，站在露滴前看著自己的臉，一張確實是可笑難看的臉，他變得沒有自信。

「你必須完完全全服從我的命令，要以我的想法為想法，因為我是如此高高在上，而你是如此卑賤低下。」

小壁虎感到生氣了，忍耐有所極限，他的氣憤累積很久，直到某一日，傾洩而出，他把蟲子摔到變色龍的臉上，他那視為寶貝的偽裝鱗片沾滿了蟲屑。

「看，你的內心多脆弱，我才責怪你不到十五個日出日落，你的自我就已經受不了了，你一點都不堅強嘛，你該氣的不是我，而是你自己，你的自我！哈哈！」

變色龍繼續喋喋不休，天上經過的鳥掉了一坨糞到他頭頂，他依然喋喋不休。而生過氣的小壁虎坐在他身旁睡著了。

他醒來後，看見變色龍還在罵個不停。他的憤怒已經平息，他的情緒不再隨著變色龍而起舞，他的思維也不再因變色龍的看法而困惑，他發現自己是真正的「獨一無二」，不再擔心「人言可畏」。他純潔的心性再度升起來。於是他又去捕蟲，這次捕蟲的心情非常平靜，完全出自心甘情願，而非「三十個日出日落」的承諾束縛。

他把蟲餵進變色龍張動的嘴。嘴嚥進了食物，又吐出了話，但那些話已經失去影響力，變成無聊的氣泡飛進天空。他讓變色龍趴躺下來，輕輕用手合上他失控的嘴，並拍撫他，要他好好睡一場覺。

變色龍哭了，很放肆地嚎啕大哭一頓。

「現在，你可以走了，我傷不了你任何，只有讓我自己更加受傷罷了。」

小壁虎輕柔地道，「你可以不那麼受傷啊！當你覺得受傷，你就真的受傷了，同樣的，你可以把受傷的感覺放掉，你就不會被受傷局限，你就真的強壯起來，不再需要偽裝。真實的心不須偽裝，你要哭就哭，要笑就笑，但是真實的心不會被情緒給迷惑。」

「我的心可以嗎？」變色龍懷疑地問道。

小壁虎點點頭，「是的，只要你相信你可以，你就能做到。我也一樣做到了。」

「可是，我還欠缺一項最重要的東西！」

「什麼東西？」

「我欠缺愛，在這世界上，沒有任何誰愛我，即使一棵樹也不愛我。我很寂寞，我不知道存在的意義是什麼，我只能擁有偽裝的樂趣，但那種樂趣隨著說謊與欺騙的完成就消失了，之後更巨大的空虛又籠罩而來，我得不斷地追逐與逃避。」變色龍又哭了。

小壁虎想：我愛野地燦放的花朵，花朵也因為我而開得更嬌豔，即使有一天花朵枯萎了，我一樣愛著它；我愛明媚的陽光，陽光也因為我而放射得更加耀眼，即使太陽西下了，也不曾稍減我對它的愛；我還愛夜晚的星辰以及一隻垂死的老蜘蛛，他們也都讓我參與了他們生命的曼妙精華，那麼，我應該試著去愛這個善變而令人捉摸不定的變色龍，儘管他將帶給我什麼麻煩。

另一朵雲浮掠而過，告訴他此刻的生命意義，就是「去愛」，不管愛的對象是誰，只要以心真誠接受，愛會昇華一切，改變一切。他聽見了，這是他第一次理解到雲所傳述的意喻。

於是，他深情擁抱著變色龍，讓他得到愛的能量。久久之後，變色龍停止哭泣。

「在愛別人之前，先要愛你自己，瞧你把自己偽裝成這個奇怪的德性。」他們兩個都笑了。

「當你愛別人的同時，你也得到了愛。你的愛將在你的心底盛開出一片花園。你甚至不需要對方的報答或回饋。需要回饋的愛只是一項交易。」小壁虎將雲的指示說得更明白。

「我會試試看。」變色龍恢復原本豐富的鱗片顏色，是一種接近大自然的綠。

「其實，你原本就很好看，真的很好看。」小壁虎由衷地讚賞。

「謝謝。謝謝所有的一切。」變色龍不再驕傲了。

他笨拙地舉起兩隻手臂，環抱著小壁虎，這是第一次他試著主動。

「現在，你真的可以走了。我會好好地、去除偽裝地生活，去除偽裝之後應該會得到另樣真實的樂趣。」

這一次的擁抱讓小壁虎感受到變色龍新生的力量，然後他們分開來，小壁虎得到

了自由。

「還有相會的一天。」

「是的，還有相會的一天。而在這之前的每一天，我都會想念你，因為愛的關係。」

「是的，我也會想念你，因為愛的關係。」

小壁虎轉身離開了野地，朝麻雀消逝的方向前去，一朵雲緊緊跟在他的後頭，他的變色龍朋友也注視著他離去，並贈予他祝福。

3

風搖動著所有的樹，穿梭密林，小壁虎進入了山。

山很安靜，一彎清淺溪澗飛越。樹，會聚在山中，形成茂盛密林，歷經年月，變化成各個不同綠色層次。闊葉樹、針葉樹沿山的高度分布，在更幽密的山裡頭，往往藏著千年巨樹，要佇立到天荒地老，像一首古老不朽的詩歌。

小壁虎依著雲流動的去向，來到這林蔭參天的山間密林。他抬頭仰望接連的樹梢，不同的樹展現不同的枝幹形狀，卻都各有其特質。無數的蟲聲、蟬鳴和鳥叫交疊成曲，他們都躲在樹幹上或草叢裡。

小壁虎沿著林立的樹木，緩步慢行，他不急著去到哪裡，轉著頭環視陌生的所在，一抹陽光偶爾會穿過林蔭灑落下來，一切都很安靜，即使昆蟲們和鳥類發出的聲音，也是安靜的，一種清澈的安靜。不像野地的敞開方式，密林的幽閉，是你得費時間才能一探究竟。

小壁虎在一棵巨榕下，被什麼東西給絆倒了，摔了一跤。他爬起來，原以為是被石頭絆住，但這石頭有四隻腳，而且還會動來動去，原來是一隻四腳朝天的烏龜，正在努力掙扎讓自己再翻過來，但顯然沒什麼用。

「你怎麼啦？」小壁虎問。

「這路有點斜，我走太急，結果就翻了。快點，壁虎兄弟，幫個忙，幫我推一把，我就差那一把便翻過來了。」烏龜慢悠悠地道，雖然很急，但一副不急的樣子。

小壁虎跑到他身後，「我要推了，你自己也得用力哦！一、二、三——」

終於把烏龜推翻過來。

「謝謝！謝謝！我已經躺了好幾天，幸好遇見你，壁虎兄弟，否則我搞不好得翻個一百年。」

小壁虎感到奇怪，「你怎麼知道我是誰呢？」

「當然，我是一隻百年之龜！總歸略知一二。」

「一百年，你有一百歲啦！」

「還不止，但過了一百歲之後，就懶得再計算年歲，所以就算是一百歲。」

「那真稀罕！」

「不稀罕，我們整村的烏龜全都是百年之龜。」

「是嘛，能不能帶我去看看？」

「好啊！我正回去呢？沒想到半路卻翻著了。」

烏龜慢吞吞地爬著，這麼慢的速度，他還說「走太急」。小壁虎三兩下就已經奔得很遠了，索性就坐在烏龜殼上，讓他載著。前方是見不到盡頭的狹長泥徑，這條泥徑不知道烏龜要花多久的時間才能走完，反正不急，小壁虎就和烏龜聊起天來。

「活這麼老，你會煩嗎？」

「有時候會，有時候不會。會就煩，不會就不煩。」

「那你一定擁有非常豐富的知識囉！」

「我知『道』一些事，但不曉得算不算知識。知識只是一些表相，擁有它並不值得炫耀。」

「這座密林好神祕呢！」小壁虎抬頭四望綠意青蔥的樹冠林梢。

「是啊！生命的奧祕都盡藏在裡頭了。」

「比方說？」

「比方說，春天花開了，夏天蟬叫了，秋天葉落了，冬天萬物沉眠。」

「那很自然嘛！」

「越自然的事越不平凡，不然你不要呼吸看看。」

小壁虎靦腆地笑了，「那沒辦法，我不呼吸的話就死了。」

「是啊，生命就是一場奇蹟，一種祝福，可是人們總是太輕忽，他們忘記了誕生的喜悅。」

小壁虎忍不住又笑了，「你這麼老了，你竟還記得你初次誕生的喜悅嗎？」

「當然，我不斷在誕生，每十年誕生一次，我才能活這麼久。誕生的滋味好美。」

烏龜沉醉在他誕生的喜悅裡，這答案引起小壁虎相當大的好奇。

「那是怎麼個誕生法呢？」

「不斷地把頭腦的念頭丟掉，沒有是非，忘記自己是誰，重新像個孩子一樣看著世界，充滿好奇和天真，你就覺得密林裡處處都是生趣。」

「可是這林子好像太沉寂了些，我一進來都聽到四周充滿安靜的聲音。」

烏龜難得動容，「那是宇宙內在的和諧，不錯，你竟然聽到了！那你將獲得生命要贈予你的盛禮。」

「什麼盛禮呢？」

「終有一天你會得到，但你得自己去感受。這太奧妙了，每個人要得到的禮物都不同，但無論如何，都得親自去經驗。」

「經驗？經驗什麼？」

「經驗生命哪！」

「哦，經驗生命。」聽起來好像一場很奇特而壯觀的探險，小壁虎心想。

泥徑竟在不知不覺中走完全程，所以時間不是絕對的，當你無聊時，一秒鐘也嫌漫長。小壁虎從烏龜身上跳下來，發現前方一片淺池塘，裡頭有無數隻烏龜浮游，也有的烏龜在泥地上行走，一隻隻烏龜排列起來怕也有上百隻了。

他驚訝地問烏龜，「這每一隻烏龜真都是百年之龜嗎？」

烏龜點點頭。「沒錯。」

「那你們怎麼分辨彼此呢？」這隻烏龜如果和他們和在一起的話，小壁虎大概都

找不出哪個是他了。

「很簡單啊，那是紅點，那是青青……」烏龜說了一大串龜名，小壁虎聽得暈頭轉向，看著一一而過的烏龜們卻還是搞不清楚。

「那你呢？你有名字嗎？」

「我叫龜毛，你看我頭頂上有一根毛，挺特別的。」

小壁虎看見他頭頂上真有一根毛，是很特別，能見識到這麼個特別的百年之龜確實不容易，不，不僅一個，是上百個。小壁虎眼睛又望向眼前移動著的無數個百年之龜，真是一個奇觀哪！

龜毛是百年龜村的長者，他們很敬重

他的輩分，在這裡，活得越久的烏龜越得到尊敬，是一種真正發自內心的尊敬，絕無虛偽。龜毛雖然年紀很大，卻不倚老賣老，相反地，他像個孩童一樣，經常哈哈大笑，他看淡世事，最常說，「沒關係，世界上沒有對錯，人生就是這樣。」

有一回小壁虎忍不住道，「可是每一個人生都是不一樣的，你怎能說人生就是這樣。」

龜毛懶懶地回應：「不管怎樣的人生，都是一樣的。餓了就吃，吃了就睡。」

「我的老蜘蛛朋友就不一樣，他的生命是一場特別的藝術追求，每一個人來到這世界上都有不同的意義要去完成。」小壁虎提起了他的朋友老蜘蛛的遭遇。

「所有的追求都是一場無窮盡的追逐，生命之河不是要載你去到哪裡，而是要你對它敞開，它會流向你，你所要做的就是迎接它，與它共舞。你永遠都在這個時刻，而不在遙遠的未來，所以安心地活在現在，不必憂慮也無須期待未來。」

「可是生命應該是特別的個體與特別的經歷。」

「你為什麼要這麼自我呢？你為什麼要把自己看得這麼重要呢？你為什麼凡事要比較呢？你真的認為那隻蜘蛛的生命與眾不同，而其他蜘蛛的生命就無足輕重，如果是這樣，那造物主不就是一個自私的母親。而你永遠不懂得尊重別人，永遠只是一座孤島，生命之河也永遠流不向你。你周而復始，追求虛幻，卻無法滿足。你得不到生命的和諧，更別想超越世界。」

「可是總不能一直吃了睡，睡了吃啊！」

「吃和睡是件很自然而神聖的事，就像陽光和雨水也是很自然而神聖的事，當你有意識地活在自然，你就擁有最大的快樂，那你還需求什麼？」

小壁虎沉思著這一番話，龜毛又打斷他：「別用腦筋想，去把它活出來。」說完，龜毛打個呵欠，縮起四肢，輕輕地闔上眼，天晚了，小壁虎也睏了，他不再擔憂這個問題，龜毛說得沒錯，累了就睡，他要做的事是：找棵植物當睡覺的床。

在慢緩緩的烏龜群中待上一段時日，小壁虎的動作也不知不覺跟著慢起來。很奇怪，當他速度一放慢時，他的視野也起了莫大的變化，每一件事物都被放大似的，呈現在他眼前。他看見花更真實的模樣，色彩鮮豔的心形瓣片沾著朝露，正和他交換今天的心情；而當他慢慢咀嚼食物時，更能品味出食物的原味，食物也變得更美；他已能辨識大多烏龜的長相，甚至叫得出他們的名字來；他慢慢地體會著周遭的一切，感受現在，不再急著去到哪裡，更不去思考未來。

他以為他可以在這裡待得更久，有一天龜毛卻對他說，「好啦，孩子，往前走吧！

你該啟程了。」

「去哪裡呢？」

「我不曉得。我不知道你從哪裡來，也不知道你要去哪裡。」

「你不是說過生命不一定要去到哪裡，生命是在此時此刻？」

「是啊！可是那朵雲要我轉達訊息：你該離開。你該去接受你的生命盛禮，在得到之前，你必須經歷。」

「我已經得到了，你們帶給我的這一切。」

「不，那只是你的頭腦以為你知道了，那不夠。你要去經歷，你才能更深刻的體會。就像你要經歷不能呼吸的窒息感，才能領略呼吸的喜悅。何況你這麼年輕，你該去闖蕩，去碰撞，去做年輕人會做的蠢事，去燃燒熱情，去激發火花，去吧！」

「有一天，我回來，你還活著吧！」

烏龜哈哈大笑，「我死了又生，生了又死，我不管生或死，我永遠在你的心裡。去吧，孩子，去享受你的生命。」

4

生命的盛禮，小壁虎該去哪裡尋找這一份特別的禮物？順著路走吧，路自然而然會將小壁虎帶領到新的境地，有新的發生與新的事物。

越過密林之後，運動使小壁虎感到口渴，他聆聽風的訊息，風送來一陣細細的淙淙清脆聲，有水。

小壁虎依著風的指引，來到一段急流的瀑布，像一條美麗緞帶的瀑布。小壁虎驚訝於水也有如此壯闊之姿，因為高度落差的緣故，使柔和的水生成磅礴氣勢。

欣賞著瀑布，使小壁虎忘記口渴的事。稍後，口渴的感覺再度呼喚他，他忍不住靠近瀑布，但他輕忽瀑布的力量，以致一個不小心，他被捲了進去。他掙扎數下，隨即被激流沖刷而走，最後一個念頭浮上他的腦際，「我要死了嗎？」隨即暈過去了。

沒有，激流沒有淹沒他，激流將昏迷的小壁虎帶到一個四周被濃密林海與崇山峻嶺包裹住、與世隔絕的怪異國度：蛤蟆王國。

他躺在蛤蟆王國裡唯一的湖泊邊上，此刻夜已深沉，北極星最燦亮，湖泊散放淡淡的光。他被一陣巨大的吵雜聲和噪音喚醒。原來是無數隻圍繞著他的蛤蟆在說話，每一隻蛤蟆都竭力發出自己的聲音，卻沒有誰願意停下來聽別人的話。

蛤蟆的聲音真難聽，「ㄨㄥˋ——ㄨㄥˋ——」的，相當聒噪。

仔細傾聽，才明白他們的意思。原來每一隻蛤蟆說的內容都一樣，那就是：「為什麼會在這裡出現這麼一個怪東西？」

小壁虎試圖站起來解釋一番，但腦子還是暈眩得厲害，他根本無法移動身體，只能任這龐大的噪音繼續刺激他欲裂的耳膜。不知為什麼後來群體一哄而散，在混亂之中，小壁虎也被兩隻蛤蟆抬到不知名的所在，他太累了，很快就昏睡過去。

醒來，小壁虎發現自己被關在一只竹籠裡，身旁已經沒有任何噪音。

竹籠外一隻肥大的蛤蟆，正大快朵頤，吃得滿嘴食物，他一邊看著小壁虎的動靜，

一邊嘴巴動個不停。

「怪東西，你醒啦！」口氣相當不好。

小壁虎虛弱地應著：「是！我是小壁虎，你可以叫我小壁虎，我不是怪東西！」

「當然怪，這裡除了蛤蟆之外，從未出現過像你這種長尾四腳動物。」

「這是什麼地方？」

「這是蛤蟆王國的監獄，怪東西！你被關起來了。看清楚，我是典獄長，對我可得禮貌一點！」真奇怪，到哪裡都碰上一些要求別人對他禮貌的人，小壁虎可一直是很禮貌的！

「蛤蟆王國？」

「蛤蟆王國住著一群可笑的蛤蟆們，」典獄長一副不屑的樣子，他嚥進一口食物，又咬一口，口齒不清地問著小壁虎：「而你，你這個怪東西是怎麼闖進來的？我們蛤蟆王國地形封閉，根本無法和外界聯繫，你卻突然從湖水裡蹦出來，你該不會是一條魚吧！哈——哈——」

蛤蟆王國的蛤蟆們熱愛搞笑，沒有片刻正經，連蛤蟆典獄長也不例外，他笑得很興奮的樣子。

「請叫我小壁虎！」小壁虎被笑得有點不高興，他覺得這隻蛤蟆太沒同情心了。

「我是被一道很大的瀑布急流沖來的。」

「瀑布？那會是湖泊的上游？你被瀑布的巨流沖下來而能不死，真是夠怪的東西了！」

蛤蟆的嘴還在吃個不停，看得小壁虎飢腸轆轆。他的聲音更虛弱了，「請叫我小壁虎。」

蛤蟆典獄長將手中的食物遞了一些給他，「來吧！吃點東西，待會兒才有力氣接受審判。」

「審判？」

「是的，審判你擅闖蛤蟆王國。不過因為你是一個外來者，所以蛤蟆國王也相當好奇你的來歷，他將親自判決你是否懷有敵意，或具備任何不善的攻擊性，再決定如何處分你。」

蛤蟆典獄長湊上前去，把小壁虎從頭看到尾，好像欣賞怪物一樣，「看來除了不喜歡別人喊他怪東西之外，應該沒什麼攻擊性，但我只能為你說點好話，卻沒辦法決定什麼，畢竟我不是國王。」

他進而警告小壁虎，叮嚀他，「記住，禮貌一點，態度配合一點，對你有好處。」看來禮貌確實是很重要的，禮貌決定小壁虎往後的命運。

蛤蟆典獄長說完，把最後的食物統統塞進嘴裡，扭頭就走，大概去向國王報備情況。

在覲見國王的途中，蛤蟆典獄長大略為小壁虎介紹蛤蟆王國的概況。蛤蟆王國領域是以湖為中心的圓形國家，周圍被山群和林海包住。濃密林海藏著無數兇猛野獸，膽怯的蛤蟆們一直不敢跨足這個區域，他們稱之為：黑暗林海。

穿越黑暗林海另外的途徑是順著湖的支流一路而去，才能抵達外面的世界，但世世代代的蛤蟆們口耳相傳著一則恐怖的傳說：林海那一段河域住著河怪，河怪極為殘暴，沒有任何動物逃得過他犀利的眼睛和牙齒，因而蛤蟆們便只好老實地待在王國裡。

主要蛤蟆人口都集中在東方的城市，過著一貫放縱而享樂的瘋狂生活，醉生夢死。王國南方則是少數純樸蛤蟆努力耕耘灌溉的田園景觀，他們還保有蛤蟆的本性，但與城市蛤蟆們格格不入，除了物資交易之外，幾乎互不往來。

王國西方則是一片曠野，矗立著一座記載蛤蟆王國起源的古碑，也算是觀光勝地，單調的古碑立在空蕩的曠野之中，顯得古舊而渺小，彷彿隨時會被曠野吞噬。北方，雄踞著蛤蟆國王所在的二十層豪華王宮，佔地寬廣，擁有數不清的美屋華廈、流泉庭園以及遊樂設施，極盡奢侈之能事。

這是蛤蟆國王生平第一次接見，不！審判外來闖入者，他特地挑選一件高貴的紅長袍穿上，讓自己看起來更加氣派非凡。

蛤蟆典獄長領著小壁虎踏入金碧輝煌的會客廳，四周牆面刻鏤著歷代蛤蟆國王的豐功偉業，側窗洩入的陽光正好投射在蛤蟆國王的椅座上，將他襯托得莊嚴而神聖，彷若神現一般。

小壁虎跪坐在蛤蟆國王的腳底，不知為何需要如此卑微地膜拜蛤蟆國王，他的頭低垂著，不敢輕易抬頭注視眼前這位蛤蟆領袖，雖然他並不畏懼什麼，但是典獄長的吩咐猶在耳旁，「也許這樣才算是禮貌的！」他想。

「抬起頭來，讓我好好看一看你。」蛤蟆國王說話了，聲音沙啞，聽起來好像感冒了。

小壁虎將頭抬起來，看著這怪奇異的蛤蟆國王，和蛤蟆典獄長長得差不多，也是滿臉疙瘩，也是把自己吃得又肥又大。甚至比蛤蟆典獄長的身體多出了一倍寬，還穿著一件亮亮的紅長袍，顯得累贅而臃腫。

他搖搖擺擺、行動遲緩地走向小壁虎，一旁的侍衛長和典獄長趕緊簇擁過去，深怕他不小心跌倒在地。他上上下下仔細端詳小壁虎一遍又一遍，「嗯——長得是很怪！」

又慢慢步回座位，喘著氣坐下來。「告訴我，你叫什麼？」

「小壁虎。」見他終於安穩地坐下，小壁虎也和大家一樣鬆了一口氣。

「很好，小壁虎，你打哪兒來的？」

小壁虎將自己的遭遇從頭說起，從閣樓奔向野地開始娓娓道來，他說著、說著，那些際遇彷彿已和自己無關，變成自成一體的一則故事。他越說越起勁，越說越投入，風的訊息，雲的啟示，那些美好的事物使他貧乏的生命豐富起來，而後路和瀑布將他帶到這個奇怪而閉鎖的陌生之域。

「啊！外頭的世界多美啊！」蛤蟆國王聽著聽著，不免心生嚮往，甚而流下兩滴感動的淚水。

小壁虎暫且打住，「怎麼啦？國王。」

蛤蟆國王拿出手帕揩揩臉，一副誇張的沉迷表情，「呀！我竟然流出珍貴的淚水，唉！太感人了。你說得太好了！令我不禁觸景生情，我一直被關在王宮裡，從未見識過外面的世界。你說中我的夢想了！」

所有的蛤蟆都很驚訝，原來蛤蟆國王也有夢想，他們以為他只熱中於吃喝玩樂、嬉笑怒罵而已。

蛤蟆典獄長趕緊圓場，「國王，請別感傷了，你忘了！你必須審判這隻小壁虎。」

「審判？」蛤蟆國王恍然大悟，「是的，我該審判這隻小壁虎，可是該怎樣審判呢？說說看，小壁虎究竟犯了什麼錯？」

蛤蟆典獄長想了一會兒，回答：「小壁虎未經過同意，偷渡到蛤蟆王國。」

這位典獄長的態度一點都不像是在幫小壁虎，反而急於定他罪的樣子，小壁虎趕緊為自己辯白，「我並沒有偷渡啊！是瀑布將我沖來的。」

蛤蟆國王點點頭，「那應該是瀑布的錯，那就審判瀑布吧！」

蛤蟆們面面相覷，典獄長只好又開口，「但是我們不知道瀑布在哪裡，瀑布在遙遠的地方，我們審判不到它。而既然開了審判大會，我們就一定得審判。」

這下子大家都不知道該如何收場，所有的蛤蟆都一律看向蛤蟆國王，蛤蟆國王也看著大家，突然一個靈感來襲，「對了！我們不是有一部律法嗎？把它拿出來翻翻看，不就知道了。」

於是蛤蟆侍衛長趕緊到圖書館取出一本厚厚的、由一片片樹葉串成的律法，葉面都已乾枯轉黃。典獄長接過來，一頁頁地翻閱詳讀。蛤蟆國王興致勃勃地又問起小壁虎外面世界的趣事，那些看不見的風景，在蛤蟆國王的眼前構成一幅幅殊異的畫面印象，逐一漂流。

經過好一段時間後，蛤蟆典獄長終於翻完律法，翻得手都腫脹起來，他嘆一口氣，很無奈地合上它，所有蛤蟆一致轉頭看著他，「沒有，沒有一條律法規定一個外來的闖入者，該接受什麼樣的處罰，因為蛤蟆王國從未有過闖入者。」

蛤蟆們噗哧一聲，笑聲像決堤的潮水，洶湧襲來，太好笑了，竟然沒有律法可以審判一個外來的闖入者，那個蛤蟆典獄長還蠢得跟什麼似的拚命地翻著那一部爛書，翻得手都腫了，太好笑了！蛤蟆國王也跟著狂笑不已，他跳起來，差點被他的紅長袍給絆倒。

「那太好了，那就釋放他，這就解決我們的難題。」

他轉向小壁虎：「既然無法可據，審判的結果是你被釋放了！我要好好招待你在蛤蟆王宮遊樂一番，做為你讓我見識到外面世界的酬勞，我還要頒發一張蛤蟆王國的特別通行證，讓你在我的王國裡盡情暢遊，蛤蟆王國可是一個享樂的國度哦！哈——哈——」

「可是，我該怎麼離開？」小壁虎一臉疑惑的表情。

「離開？這我倒沒想過，因為從沒有蛤蟆離開過這裡，除非你再從湖泊鑽回瀑布。如果能離開這個鬼地方，那我一定第一個離開，去外面的世界好好玩它一趟，哈——哈——」

小壁虎這下發愁了，雖然他不必關在牢獄裡，但很可能一輩子都要和這群蛤蟆關在蛤蟆王國裡，而他的旅行也將終結於此。

「那該怎麼辦？」小壁虎憂心地問。

「不怎麼辦，你就快樂地住下來！」

另一名侍衛上前向蛤蟆國王報告說，廚子已備好滿漢全席，可以準備用餐了。蛤蟆國王步下寶座，牽起小壁虎，開心地道，「走吧！一大堆的美食等著我們享受呢！把胃敞開點，好好大吃一頓吧！」

就這樣，小壁虎意外地成為蛤蟆國王的座上客，風吹來自由的訊息，他突然想起總是在天空漫遊的那隻大鳥，如果此刻能擁有那雙巨翅，那該有多好！

每一天，小壁虎感到自己在下沉，起初是一點點的下沉，到後來是急速的墜落，像是一個無法停止的惡性循環之輪，小壁虎覺得沒有能力控制這往下流動的狀態。

一切都很安逸，生活也沒有憂慮，享受當下的歡愉，這不就是生命的盛禮嗎？但是，小壁虎覺得他的靈魂好像昏睡了，被注射了麻醉劑一般。

在偌大的蛤蟆王宮，時間被享樂給填滿，一場接續一場的享樂活動輪番流替，過度的縱慾、奢華，織成一張巨大的墮落陷阱，小壁虎隨著權力龐大的蛤蟆國王一起淪入。

他的肚皮被多餘的食物撐大許多，身材變得臃腫，他嘗試喝一點酒，卻越喝越多，與國王夜夜暢飲之後，宿醉的昏沉頭腦在早晨迎著他。

他們遊賞華麗的繽紛花園，那些花朵都是塑膠花，雖然盛放著鮮豔的色彩，模擬得很像真實，而且永遠都不會凋謝，卻沒有一朵是真正的花。小壁虎看過幾次之後，便覺得失去新鮮感，一群塑膠花能帶來什麼樣的感動呢？即使那些機械化的流泉，也不是真正來自自然，因雨水的匯集而形成流動的泉水。

一切都是美好的假面裝扮而成，莫怪蛤蟆國王對於外面世界如此心生嚮往，他和他談了一遍又一遍關於外面的世界，到後來，竟似一個虛幻之境，連小壁虎也心生懷疑，久而久之，小壁虎已失去熱情和蛤蟆國王談述這些。

他們繼續飲酒作樂，玩著遊戲，他學會蛤蟆的嬉笑怒罵，跟著一起放肆開懷，然而，重複的遊戲也變得很無聊，是啊！一再看著一隻隻蛤蟆疊起來，然後摔成一團，有什麼歡樂可言？或者不斷欣賞母蛤蟆扭腰舞蹈，笙歌風月，又有何趣味。一切都太多、太滿了！

小壁虎內心一陣陣焦慮，他的覺知在呼喚他：真正的生命盛禮不是這樣，這只是一種逃避，無意識的存在。他的臉在笑，但那不是真正的笑。虛假的笑，拉扯著他的神經，讓他的臉部肌肉痠疼不已。而這並不能帶給他喜悅，只是帶來更大的空虛，沒有經過努力得來的食物，只會助長浪費的劣根性，而你根本不懂得珍惜。

他曾試圖向蛤蟆國王建言：其實蛤蟆王宮以外的蛤蟆王國也是一個外面的世界，「你可以試著跨出去，去看看真實的花朵，去領略真正的日出，去瞭解你的子民。」

但是這個表面權威的蛤蟆國王，內心卻是膽怯的，他寧可選擇逃避，也不願面對真實。「我是無比神聖的，怎能和一般蛤蟆混為一談，他們像崇拜偶像一般地崇拜我，而偶像應該高高在上，絕對不可以輕易暴露真實，反正所有國家的事，我的部屬們都會處理妥當，我只要關起門來玩耍遊樂。」

「那你對誰負責呢？」

「我不需要對誰負責，我甚至不必為自己負責！責任，多沉重的巨擔，我不要負責，只要享樂。」

小壁虎覺得這個蛤蟆國王簡直比變色龍還糟上十倍，他完全退化成一個幼稚固執的石頭，權力的腐化確實是各種誘惑中最最劇烈的毒品，而這個完全上癮的蛤蟆國王只會越來越忘掉自己，最後變成塑膠花的軀殼，只擁有假面的華麗，卻永遠退出他真實的生命。

「那是他的選擇，而我也應該為自己的人生負責。」

這一次他學會了「放掉」，不受外在的羈絆，也不乞求對方的同意，因為沒有誰可以為自己做決定，只有自己才能為自己做決定。同樣的，沒有任何誰需要為自己的人生負責，只有自己要為自己的人生負責。

小壁虎趁著日出第一道陽光現出時，悄悄地離開蛤蟆王宮，他的身體已不復從前的輕盈靈動，但這時候王宮裡的蛤蟆們都酣醉不醒，一個個昏睡得像團爛泥，沒有任何蛤蟆能阻撓小壁虎的離去。所以他大可慢慢地挪移他那已然發胖的身軀，輕易推開蛤蟆王宮的大門。

「這才是一座牢獄。」

小壁虎回首眺看一眼琉璃般的巨廈，很美麗，也很易碎。他邁開步伐，朝東方而行。經過一上午陽光的曝曬，他的心萌起火苗，下沉的溼濡狀態逐漸被蒸發、散退，他的腦海再度浮現那隻巨大的鳥——自由，沒錯，他頓然有一種輕鬆感和新生的力量。

小壁虎推開一扇遠離奢靡的門，現在，他推開另一扇門，進入另一場繁華的廢墟。

醉蛤蟆酒店位在東方城市最熱鬧的東區，曾經名揚一時，有當時紅極一時的蛤蟆女歌手入駐演唱，吸引無數蛤蟆潮前來目睹風采，酒店場場爆滿，擠得水洩不通。自從那名女歌手突然消失無蹤之後，酒店的生意一落千丈，僅存幾個固定熟客會上門來喝一杯，回味當年的景況。

小壁虎憑著蛤蟆國王頒贈的特別通行證，果真一路通行無阻，甚至連吃飯住宿都一律免費，沿途錯身而過的蛤蟆們見到他，總是先嘟囔兩句，「這是什麼怪東西！」之後見怪不怪地繞到一旁離去，有些蛤蟆態度更加冷漠，甚至連正眼也不會瞧上一眼，就旁若無人地走在以自己為中心的道路上。

小壁虎想：這真是一個喪失熱情的城市！

他走了一整天，滴水未進，直到天黑成一片墨，他才覺得餓，他不急著吃，細細品味餓的感覺，已經有多久他未曾感到餓了，在蛤蟆王宮那一段時間，他的肚子一直飽脹著，現在餓的感覺回來了，他一陣雀躍，原來人生的滋味，餓和飽都是同等的重要！你不能一直飽著，也不能一直餓著。

接著，他發現自己身體的重量已經減輕一些，那是運動的關係，運動消耗多餘的脂肪。他再次領悟到人生的任何需要都得剛剛好，當放任頭腦的慾望時，到最後只是增加身體的負擔。而這一切都不是身體要的，身體要的東西它會告訴你，你只要仔細傾聽身體的語言，就能明白它的需求。身體一點也不貪心，貪心的是頭腦。

小壁虎聽見身體跟他說話：好累了！想休息一下。

於是，他踏進眼前這一家醉蛤蟆酒店，喝一口清晨凝結的露水，他太渴了，咕嚕嚕一口氣全都喝光，又再來一杯。

吧台的酒保蛤蟆難得接待一位另類動物，便與他聊起天來，並驚訝於他還是蛤蟆國王的座上貴賓。

「蛤蟆國王仍然那副德性，對不對？他胖極了，胖得不像樣，哈哈——」一提及蛤蟆國王的肥胖，蛤蟆酒保就笑得樂不可支。

「有這麼好笑嗎？」

小壁虎可不認為好笑，自從他經驗過蛤蟆王宮內無止無休的嬉笑之後，他已能辨別什麼是發自真心的笑，什麼是隨之起舞的笑，而當他不想笑時，他就不麻煩臉部肌肉一直牽扯著。他不願再盲目地譁眾取寵、取悅別人。真實，是的，他一度忘了真實的重要，現在他更能體會了！

「當然，他是我們全國蛤蟆的笑料，特別是他的肥胖，他只會把自己吃得那麼的胖，還能幹嘛！哈哈——」酒保又笑起來，一副笑得太過火的樣子。

未料到蛤蟆國王在一般蛤蟆的心目中竟是如此可笑之至，每個人都是自己的一面鏡子，任何思維與行為的投射都一清二楚地映照出來，絕不可能隱藏或欺矇過去。唯有發自真心，才有真誠的回饋，而絕非虛假的偽善。

「難道他不是你們崇拜的偶像嗎？」

「偶像，別鬧了，嘔吐的對象！蛤蟆國王存在的意義就是讓我們好好嘲弄一番，光這一點不就夠值得崇拜了嗎？哈哈——我們的人生不就是一場玩笑嗎？」

酒保太興奮了，笑得滾在地上，肚皮差點笑翻掉，他癱在那兒，動彈不得，把小壁虎嚇一跳，竟然笑成這樣！他猶豫著是不是該向誰求救，靜坐在一旁角落的一隻蛤蟆走過來，拍拍他的肩，說：「別理他，蛤蟆就是這樣，待會兒就沒事了。」

「可是，他要不要去看個醫生哪！他好像很痛苦。」

「總有一天他笑瘋了，就會住進精神病院，這是常有的事！你別擔心這個瘋傢伙，待會兒，他就又生龍活虎，繼續搞笑。」

他領著小壁虎回到自己的角落位置，看來是一隻稍微理性的蛤蟆，不會跟著起鬨瞎鬧，笑得一塌糊塗。

「等到蛤蟆交配季來臨時，你還會見識到更多、更瘋狂的蛤蟆們，這一點點狂笑真的不算什麼。」

他再度安慰受驚的小壁虎，他們就這麼相識起來，這位蛤蟆朋友名叫傑夫，是蛤蟆王國境內唯一的清潔夫。

「交配季是什麼回事？」小壁虎好奇地問。

「蛤蟆是自私自利、過度放任的動物，凡事不得認真，只有玩笑，而男女之間的愛情也是一樣，只有性，沒有愛。當全國交配季宣布開始，成年的公蛤蟆、母蛤蟆就雜交一起，終日狂歡不已。產下一堆堆不知父母是誰的受精卵，製造很多社會麻煩。他們之間從未真正愛過，只滿足於一時的性慾。當時我的好友芭比和丁當宣布結婚，信守彼此相愛、共同生活的約定時，還引起社會各方嚴厲的批評，最後他們選擇離開蛤蟆王國。芭比，正是當年這家酒店最著名的女歌手，她走了以後，這家酒店也跟著沒落了。」

「離開？可是蛤蟆王國不是封閉的國家嗎？我是不小心被瀑布沖到湖泊的，我很想離開！」小壁虎升起一絲希望。

傑夫喝了一口水，思索著什麼，慢慢又道：「他們乘船沿湖泊支流一路而下，也不知道後來在穿越黑暗林海的河域時，有否被河怪吞噬掉，這是一趟很大的冒險，你要有心理準備。」

「請幫助我，好嗎？」

小壁虎覺得傑夫是一位可信賴的朋友，自己很慶幸總算遇上一隻不搞笑的蛤蟆。

「走吧！店要打烊了！那個瘋傢伙大概真的笑翻了，現在還爬不起來，我們去別的地方再談吧！」

傑夫付了帳，帶著小壁虎離開這空蕩的酒店，店內自動播放機正播出一曲女歌手的嘹亮歌聲：「別告訴我愛情不是一場玩笑，那太傷害我——」

傑夫停住腳步，聆聽一會，眼中泛著淚光，他輕輕告訴小壁虎：「這就是芭比的歌聲，這一首歌是當年最轟動的流行歌曲，她的歌聲很美，唱出了真正的感情，事實上，芭比也是我最愛的母蛤蟆。」

說完，就推開酒店的木門步向大街，小壁虎靜靜地尾隨其後，他相信這份愛情是

傑夫心底永遠的祕密，而這份愛也將永遠存放在傑夫的心底，也許芭比這輩子都不會知道，但知不知道，其實一點也不重要了。

天空中的星星閃爍著，發出柔柔光輝，小壁虎第一次嚮往愛情的美。

在喧囂不夜城的東側，從酒店沿著湖泊支流而去，接近黑暗林海的邊緣處，終於擺脫所有蛤蟆噪音，幾乎每一隻城市蛤蟆夜夜醉歌，越晚越聒噪，直到這裡，小壁虎才聽見真正的安靜。

前方是一間溫馨的小木屋，有幾隻蛤蟆聽見他們的腳步聲，簇擁到門邊迎接。

一、二、三、四，一共是四隻蛤蟆，傑夫算進去的話，就是五隻了。

傑夫從左至右為小壁虎一一介紹：「這些都是我的朋友們，皮也，怪客，阿普，巴特。而這是巴特的家，他的家布置得最雅致，是我們聚會的場所。」

接著介紹小壁虎給他們認識：「一位新來的朋友，小壁虎，他不小心被瀑布沖來的，現在，他想離開這裡，我們得幫助他。」

「進來談吧！」巴特握著門把，等大家進去後，最後把門掩上。

小壁虎與五隻蛤蟆圍坐在地板上，一旁的爐火正烤著知了，巴特一邊招呼，一邊料理著食物。

皮也是其中最年幼的蛤蟆，年紀和小壁虎相差不多，他興奮地看著小壁虎，忍不住還摸他一把，「你真的是一隻壁虎耶，我在報紙上看過蛤蟆國王談論你的報導。」

小壁虎疑惑地問：「報導是什麼？」

皮也解釋道：「報導就是訊息的告知，用蛤蟆文刻在樹葉上，就是我們所說的報紙。」

怪客一副凝思的表情，這時插話進來，「今天報紙上的最新報導是，蛤蟆國王發布全國通緝令宣告全面逮捕你，因為你未經過他的同意，擅自離開蛤蟆王宮。」

小壁虎面色難看地望著他們，「如果太為難的話，就請把我送回蛤蟆王宮。」

五隻蛤蟆整齊劃一，一致搖頭，巴特將烤好的一隻知了遞給小壁虎。

怪客續道：「我們不會這麼做，這不是我們的作風，我們會盡量幫助你逃離蛤蟆王國，逃走的方式和芭比、丁當一樣，坐船沿湖泊支流一路而去。但是，後段的行程，我們就不敢保證安全了！相信你已經知道河怪的事。」

小壁虎點點頭。

怪客是五隻蛤蟆中年紀最大、也最具影響力的長者，他繼續發言：「目前還不會有太多蛤蟆知道你被通緝的消息，但是明天就不知道了，因為通緝令將連續公布，直到你被逮捕為止。而你，又長得完全不一樣，不好偽裝。所以，這一陣子就請住在巴特家，這裡很安全。」

小壁虎趕忙向巴特致意，「那太打擾你。」

巴特又遞給他一隻知了，「哪裡！還有阿普也住在這裡。阿普是一個優秀的詩人，前段時間發瘋住進精神病院，出院後就一直在我家療養。我們很歡迎你，也很敬佩你敢向蛤蟆國王提出建言，關於你的事，我們都從報紙上得知概況，那些負面的報導，我們都曉得其實是正面的。」

皮也接口，「對！在這裡，把一切相反過來就是了，是就是非，非就是是。」

小壁虎咬了一口知了，依著真實的感受而言：「其實蛤蟆國王不是一個壞蛤蟆，他只是無知，加上一點懦弱，他耽溺在享樂中，卻一點也不快樂，他不過是一隻可憐的蛤蟆，還得被全國蛤蟆子民們嘲笑。當然，他得為這一切負責，這是享樂的代價。」

怪客拍拍小壁虎的肩，「你是一隻善良的小壁虎！」

一向沉默慣的傑夫開口：「木船由我來負責，但是得需要幾天的時間。所以，巴特和阿普你們要格外小心外頭的動靜，萬一遇上臨檢的話，記得把小壁虎藏在隱密的場所。」

巴特和阿普點頭同意，這時阿普竟然說話了，他已有很長一段時間禁語不言了，「遇上芭比和丁當的話，說我們想念他們。」

所有的蛤蟆們面面相看，空氣彌漫一股感傷的情懷。巴特站起來，播放一首芭比的老歌：〈獻給摯愛〉。

「獻給摯愛，獻給摯愛，我最最真誠的心……」

眾蛤蟆還沉醉在歌聲間，小壁虎發現傑夫已不見蹤影，不知何時悄悄離去。

5

黎明很安靜，巨大沉默自黑暗的林海襲襲擴散開來，總是選擇在這個時刻離開，這是蛤蟆王國最安息的片刻，夜晚的靡爛正結束。

小壁虎看著眼前這一條瑩瑩發亮的綠波，不知它會將自己載向何方。回首，那幾隻友善的蛤蟆朋友僅剩渺小的影像，其中一隻還揮著手。

一場簡單過場的友誼，卻蘊含濃厚的情誼及不求回饋的伸手之援。小壁虎思忖著：生命中流過交錯的人物，不管機緣長短，即使是短促的一瞥，也都是難能可貴的，但生命之河太匆忙，總是讓人輕忽而不知珍惜。

如此，他也懷念起那個痴肥的蛤蟆國王，應該和他道別才對。

現在生命之河不容他嘆息，又將是另個未知遭遇等待經歷，其中還隱藏著莫大的險境。他腦海裡躍出野地影像——一個安適所在，溫煦陽光，柔軟草地，與一隻天空中的巨鳥默默交會，時間凝止，忘卻自己地融入自然，不須離開，也不必去哪裡。

小壁虎提起精神，給自己鼓勵，不管前景為何，要像巨鳥展翅的有力姿態，壯麗地迎向前去，毫不畏懼。河流以一種定速律動著，風和日麗，沒有急流與波濤，乘著船甚至有輕微晃動的喜悅感，如果不去預想可能存在的河怪。

預想只會帶來恐懼，恐懼是沒用的，恐懼不能使危險消失。小壁虎決定不去預想河怪的事，他專注看望著流動的河岸風光，崎岩多稜的崖壁，敞開傘狀巨葉的筆筒樹，毫不猶豫地生長在崖壁上，一棵緊挨一棵，形成巨大的一叢又一叢，延展開來，衮然廣大。

終於，河流步入了黑暗的林海區域，高聳入雲的樹木齊展向天，蓊鬱的枝葉要將頭頂的天空完全遮掩起來。幽闇間，氛圍沉滯，帶著窒息的沼氣。

河流進入此段，流速明顯地緩慢下來，小壁虎屏氣凝神，注視河底的一切。悠悠的水草，搖擺肢身，一團團浮藻盪在水面，水黽跳躍著，四周更沉寂，沒有動靜。

林海不見盡頭，河流蜿蜒其間也不知何時才能完全穿越，也許沒有河怪，或者他

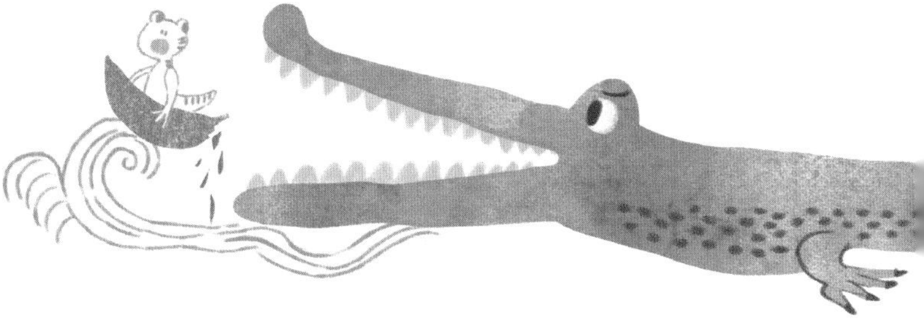

睡著，偌大的林海內未曾出現一隻動物。

時間一滴滴地流逝，船慢悄悄地經過，長時間的神經緊繃，令小壁虎感到疲憊起來，他的能量也因此而消耗殆盡。他好睏倦，但是直覺告訴自己，不能睡著，一睡著就喪失危機處理能力，直覺再度提醒他，這種安靜過於詭異，不能相信這種表面的安靜。

時間過去很久了，他預估也許太陽都快下山。在一個轉角九十度的迴彎之後，遠遠的彼端有絲微光閃動，那個微光出現令他雀躍不已，那意味著要不了多久，他就可以安然地脫離這一片林海的黑暗區域。

他高興得過早了，突然一隻龐大的巨獸自河底躍起，掀起狂瀾波濤，張開巨大的嘴，滿是利齒地迎面撲來，令人閃躲不及，一口氣就咬掉了船首，原來是一隻兇猛的鱷魚。

小壁虎慌忙退到船後，但船急速沉沒；鱷魚再次撲來，利齒咬到小壁虎的尾巴。顧不得疼痛，情急之下，小壁虎自我保護的本能教他快快斷尾求生。他用盡全力迅速斷尾，乘著鱷魚甩身的力道，看準岸上飛掠而去，這一躍，躍得很遠，他被甩到林海邊緣最後一棵樹下的草叢堆——正是那個微光所在之處。

危險終於過去了，一如闖進蛤蟆王國的情況一樣，小壁虎再度暈厥昏死，沒有了思想。

他沉睡數日，這一回是疼痛喚醒了他。流淌的綠色血液已經乾涸，小壁虎回首探看失去尾巴的尾部傷勢。痛，像一根巨刺一再啃噬自己，從身體尾端蔓延至周身。他嘗到痛的感覺，眼淚簌簌地流下，已經不是三滴，而是三十滴以上。痛，使得他的身體連動也不能動一下，他只好癱躺著，嘗受一切的痛。

老蜘蛛的話隨著天空的一朵雲飄來，輕柔安撫他，「嘗試生命的各種經驗，把各種滋味都嘗一點，你的人生就完整。」

他領略到這話的意涵了，完全能領略，那些話已成為他真實的感受，而不再是知識或語言。

樹梢掉落的露滴滋潤他的喉嚨，他嘗了好幾顆，漸漸地痛的感覺不再那麼強烈。他已經能夠略微動一動，一隻蟲適時出現，小壁虎太需要食物，他吃掉了蟲，閉上眼睛，再度休息，以便恢復耗損的元氣。

睜開眼，他以為到了另一個國度，否則他怎會看見自己。另一個自己正眨著眼看著自己。他將眼睛閉上，再張開，沒錯，是另一個自己，長得幾乎一模一樣。

「不對，有一個地方明顯地不一樣⋯他有一條長長的尾巴，而我──」

小壁虎轉頭看著自己的尾部，沒有任何尾巴！他的尾巴確實是消失了！他突然感到強烈的悲慟，他失去最心愛的尾巴，他竟然為了逃命，而犧牲了它。自責與失落的感傷使他的淚又滴落而下，那是一種愛的淚珠，散發粉紅色的光芒，以至於另一隻小壁虎深受感動。

他試圖瞭解，「怎麼啦？」

說起話來是輕柔似水的軟調子嗓音，他，不！她竟然是一個女生。

「你怎麼哭啦？」她的聲音也充滿愛。

小壁虎猶啜泣著，「我失去了我的尾巴。」

她笑起來，又柔柔地道：「傻瓜，尾巴斷了還會再長出來，你看，我的尾巴也曾經斷過，現在不又是好端端的長長一條。」

她故意捲弄著尾巴，搔搔小壁虎的頭，逗他開心。

小壁虎停止了哭泣，睜大眼睛，「真的嗎？」他好驚訝，尾巴也可以復活。

她點點頭，眼睛又眨了兩下，好愛眨眼的一隻可愛的壁虎女生。

但小壁虎隨即嘆了一口氣：「可是，它已經不再是原來那一條尾巴了！」

女小壁虎明白這種感受，她以過來人的經驗安慰他，「你可以把對舊尾巴的感情拿來愛新尾巴。這樣你失去的尾巴一定會很高興，而你的新尾巴也能感受到這份愛的特別。相信我，我就是這樣走過來的。然後，我發現原來我的舊尾巴沒有死，它在我的新尾巴重新誕生，它一樣陪伴著我，活在我的心底。」

小壁虎詫異地望著這想法奇特、而又感性十足的女小壁虎。深深被她迷人的話語給吸引住，目光不覺落到她身上，仔細端詳著，忽然領悟，「所以，你也是一隻小壁虎耶！我們是

同類呢！」

小壁虎好高興喔！一下子轉憂為喜，這麼久以來，他第一次遇上同類。

在浩瀚的宇宙間，星光燦爛，有那麼多、那麼多各色各樣的萬事萬物活躍在星空下，能在這廣袤之中遇上一個同類是多麼稀罕難得的際遇啊！而同類意味著，你們長得差不多，屬於同一個種類，有一致的生活習性。最重要是：你們之間可以真正地溝通，相互理解，產生一種特別的默契和共同語言，你們是彼此深藏內心隱隱渴望的對象。

他忍不住伸出手去觸摸她，她卻害羞了，閃躲到一旁，輕輕地說著：「是的，我們是同類，但我是一個女生，而你是一個男生。」

小壁虎還不太懂異性與同性之間的差異，經她一提示，他稍稍意會過來。

「哦！我不知道妳是一隻母的小壁虎，不過沒關係，我們仍然是同類，對不對？」

女小壁虎委婉地點點頭，繼而問道：「你的尾巴怎麼斷的呢？」

「我從蛤蟆王國乘船離開，經過黑暗林海河域時被一隻河怪攻擊而受傷的，幸好他是咬掉我的尾巴，不是咬掉我的頭。」

「那真幸運！這一帶很危險，除了河怪之外，還有蝙蝠，夜晚四處掠食。我們平常都不敢輕易跨進這個區域，剛才我經過時，發現你躺在這裡，覺得好奇才繞過來一探究竟，起初以為你是我們家族的壁虎，結果不是，你能逃過一劫，算是相當幸運的。」

「妳剛剛說，你們家族——」

「是的，我們有一群壁虎家族，就住在離這不遠的山邊，那兒有一個廢棄的農舍。」

「壁虎家族！還有其他的同類也住那裡？」

「嗯！是的，你跟我回去吧！你可以認識很多新朋友。」

之前，小壁虎從未見過任何一隻別的壁虎，現在這個廢棄的農舍聚集無數隻壁虎同類，彷若沙漠中的綠洲部落，默默存在於廣闊世界的一隅邊角，自成一個獨立的實體空間。而就像初次見識百年龜村的震撼程度，一群活蹦亂跳的壁虎們乍然出現眼前，也令小壁虎的心怦怦急跳，說實話，他很難接受這個場面。

「我一直以為全世界只有我一隻小壁虎，原來我並不是唯一的。」

他想到龜毛曾說的：「你為什麼要這麼自我呢？你為什麼要把自己看得這麼重

要？你為什麼凡事要比較？」

他勸勉自己——不！我不是在比較，也絕非強調要與眾不同。但，我實在不適應自己只是眾多壁虎中一隻普通的小壁虎，如果只有一個同類，那麼你會有惺惺相惜的感覺，而一群同類，卻另當別論。

他感到沮喪。「也許，我不適合團體生活。」他有點退縮，佇在農舍門口裹足不前。

女小壁虎滿臉不可思議，「不會的，團體生活很有趣，我們一起捕食、遊戲、交配，凝聚成一股力量。在團體中，我們的生存更具意義，我們不光為自己而活著，也為他人而活著。」她不明白小壁虎在退卻什麼。

「可是，我一直是為自己而活著，不為任何一隻其他的壁虎而活。」小壁虎的態度很堅持。

「好吧！那麼至少待上一陣子吧！畢竟你受傷了，不適於遠行，你可以住在這兒直到新尾巴長出來再走也不遲，也許那時候你就會喜歡上團體生活。」

女小壁虎決定不勉強這隻生性害羞而又不夠開放的小壁虎，畢竟這是他第一次見到這麼多同類，而他一直獨來獨往，從未體驗過團體生活。

小壁虎終於將足履踏進這荒廢卻又熱鬧的農舍，許多的壁虎，不！所有的壁虎都擁向他們，向他們熱情地招呼歡迎。

「帶回一個新朋友，他有點害羞，第一次見到同類，不要嚇著他。」女小壁虎向大家介紹。

所有的壁虎圍成一圈，每一隻臉上都露出純真的笑容。小壁虎向他們點點頭，也露出同樣純真的笑容。

「你們好。」

女小壁虎打個手勢，所有的壁虎們識相地一哄而散，又各自活動去了。只留下一位壁虎族長，他是這個壁虎家族的主要領導人物。

「我代表壁虎家族歡迎你的加入。」他也是這個女小壁虎的父親。「看來，你尾部傷勢不輕，不過沒關係，好好地療養一陣子，很快就會長出新尾巴。」

她的父親明顯地看出自己的女兒對這隻陌生的小壁虎懷有好感。她從未以如此溫柔的眼神注視過其他年輕的公壁虎，身體還散發一種愛的光與粉紅色能量。他決定收容這隻斷尾受傷的小壁虎，不過等他身體復元之後，就得接受自己嚴格的測試，看他是否具備與族長女兒交往的資格。

「嗯！帶他去休息吧！」族長吩咐女小壁虎，很具威信的口吻，然後去忙自己的事。

「那是我的父親，也是壁虎家族的大家長。」女小壁虎解釋著，「你看，是不是所有的壁虎們都很熱烈地歡迎你！相信我，團體生活很有意思的。」

小壁虎蹣跚地尾隨她身後，「不！那也許是因為妳的緣故。」

他從族長眼睛明瞭，自己將會經歷另一種考驗，並且是自己不會喜歡的考驗。他喜歡和人自然地往來溝通，而不喜較勁、證明自己與眾不同。證明自己的能力——那才是龜毛所說的自以為是，他不喜歡活在別人的標準與期待之中，更何況是虛擬的團體價值，他要做一隻屬於自己的小壁虎。

但這時他決定不去臆想往後，而是敞開心胸投入同類的團體生活。天曉得，也許他真的會很喜歡也說不定。

他看著不時轉過頭眨著眼關心自己的女小壁虎，愈加發覺她長得確實很美，每一次的眼神交會，都令他有觸電的感覺，他不覺沉醉，生平第一次的著迷與愛慕之意悄悄升起。

大自然確實奧妙無窮，身體就是一個宇宙，有它的運行規則與奇特的自我恢復功能。倏忽之間，小壁虎的新尾巴已漸漸長出來，並慢慢長大茁壯，最後長得完全就像是原來的尾巴一樣。

他每天看著它一點點的變化，一股新的能量也隨新尾巴的成長注入體內，他覺得自己恍若再誕生一次，他嘗受著誕生的喜悅感，重新像個小孩。

事實上，不知不覺中他已經是一隻大壁虎。之前在蛤蟆王國吃胖了的身軀因尾巴受傷之故而徹底消瘦下來，經過這一次的療養之後，他長成一隻真正健壯的公壁虎，體格更加修長而矯健，看起來更具吸引力。尤其他的眼睛散發一股深邃的魅力，讓人不覺沉迷，特別是那些青春洋溢的壁虎女孩們。

他隨著團體外出捕食，他天生捕蟲的靈感再度淋漓盡致地展現出來，往往能捕獲比其他公壁虎多出一倍的食物，這讓壁虎族長感到滿意，他也在暗自裡選擇他的接班者，另一位新的領袖，然後可以和自己的女兒交配，成為終身的伴侶。

然而他隱約覺得還是有點不滿意，是哪一點呢？

他細細思索：是的！這隻帥氣的公壁虎缺乏一種領袖的姿態。

領袖，應該要有一股領先群倫的傲氣，但小壁虎太溫和了，他從未以捕蟲的技能為傲，捕獲多少食物全數均分給其他的弱勢者，並且一點都不居功。其他公壁虎很快和他打成一片，他們從不嫉妒他。但身為一名領袖除了要令人折服之外，也須帶著若即若離的尊貴之姿。小壁虎與同類間的距離卻不是這樣。他擁有一個獨特的神祕空間，卻較像個詩人。而族長暗暗希望他是個具足萬全生存能力的權威領袖，是一個能夠帶領團體的卓越者，但絕不是一個詩人。

小壁虎也開始加入團體遊戲，他們愛玩捉迷藏，逃竄來、逃竄去，奔跑、追逐、躲藏。

他常常和女小壁虎躲到某個隱密角落，任眾壁虎遍尋不著，有時是屋簷的隙縫，有時是草叢堆中。他們肌膚相親，享受著身體貼近的甜蜜。與異性接觸帶來的全新感官經驗刺激著他，他對她產生幻想，渴望有朝一日與她結合，開始人生另一個成年階段。

「這就是愛情嗎？」他問自己，沒有任何誰教導過他該如何面對愛情，只有那隻老蜘蛛告訴過他一則淒美的愛情故事。

「如果他在的話就好了，我可以請教他接下來我該怎麼做。」

不需要蜘蛛的幫忙，女小壁虎自己懂得如何指引與暗示。他們一起蜷在柵欄邊角的草叢，她投入他的懷抱，要求他，「抱緊我，否則會被發現。」

他緊緊抱住她，聞著她呼出的氣息，他們血液急速流動，心臟加快跳躍，他的心都快跳出來。她驀地親吻著他，一陣閃電般的交流，他抱她更緊。

然後她脫口而出：「我們結合吧！」

小壁虎也感受到這股強烈的衝動，但老蜘蛛的愛情遭遇適時地浮現，提醒著小壁虎，他記起老蜘蛛曾為一隻溫柔的女蜘蛛留下的結果，他失去了自己，變得一點都不快樂。

「可是，我不想因此而留下來。」

「為什麼？你不是也已經接受了團體生活。」

小壁虎嚴肅地注視她眨著的眼睛，「我不能因為愛妳而放棄原本的我，我也許可以因為愛妳而在此忍受一年、兩年的團體生活，但終有一天，欺騙會崩潰，最後我還是一走了之，不然就開始責怪妳、怨懟愛成為羈絆。相信我，愛是自由，而非束縛。愛甚至不是犧牲，犧牲往往讓愛淪為勒索。當我們第一眼的相互吸引，我們領略了愛的神秘，而之後，我們因愛而許出承諾，愛也開始變質、粗糙了！」

但她不懂這話的深刻性，她太急於佔有他，想從他身上得到承諾。

「為我留下來，愛可以做到這一切。這才是偉大的愛，我們彼此奉獻給對方，生生世世。」

「但這不是真愛。」

她哭了！從他懷裡掙脫而出，她的自尊心受傷了——他並不愛她，所以不願為她犧牲——她這麼認為。她去找她的父親，試圖借助他的影響力。她的父親也沒把握，因為他面對的不是一個企圖心旺盛、亟欲表現的新領袖，而是一個無所求的自然派詩人，他不知道有什麼東西可以滿足他：權力、地位、財富、名譽或愛情。

「我無法影響他什麼，他是一個覺知很強的壁虎。但也許有個辦法——，雖然是一個很爛的辦法，眼下只得姑且一試，萬一事與願違，妳就只好接受最壞的結果了。」

壁虎族長召開一個全族會議，公布將依循前例舉辦一個傳統的擂台賽，最終獲勝者，亦即一名最強壯、威猛的公壁虎勇士，將可繼承族長的領導位子，並能與族長女兒交配，成為她的伴侶，這一項殊榮決勝賽事將在一星期後正式展開。

「依照一般情況，如果他愛妳，且不願失去妳，那麼他將奮力一搏。」

壁虎族長竟然用這種拙劣而毫無美感的原始競賽手法來考驗小壁虎對他女兒的愛，而這確實為小壁虎帶來了莫大的困擾。

「不行，妳絕不可以用這種方式選擇妳未來的人生伴侶，這太貿然而草率，最重要是那個最終的結果不是愛，而是較勁。」

在月很圓的皎潔夜晚，他們佇立在農舍屋頂上，無星的淡藍天空，月把周遭照得暈黃亮透，夏蟲們盡情歌唱，賣力地為他們演奏著愛的組曲，而他們的愛顯然遇上麻煩。

事實上，女小壁虎有些後悔了，因為這一切畢竟不是出自小壁虎的意願，勉強得來的愛情會幸福嗎？她有點不確定。而萬一小壁虎落敗，那她豈不是更陷入左右為難的處境。

其實在很早以前，她就很清楚，無論如何，自己未來的終身伴侶，必定就是以這種古老的競賽方式挑選出來，她從來都覺得這是理所當然——嫁給一個家族內最強健的未來領導者，是一件多麼榮耀的事啊！但在認識小壁虎之後，自然發生的事情，讓她改變了原來的想法。她渴望能與所愛的對象永遠廝守，擁有他的所有，他的一切都屬於她。她不知道，她要的是黏著的愛情。

「為我，為我去參賽。」她懇求小壁虎。

小壁虎心想——我是一隻自私的壁虎嗎？不！我不是。我難道不愛她嗎？不！我愛她。但是我願意用這種方式去證明自己對她的愛嗎？不！我不算很願意，即使我去做的話。為什麼我不大願意呢？小壁虎被這問題困住了，他再好好地思索一次，仍然沒有具體答案。他沒有能力解決這問題，只有看著它。

時間終會給予真正的答案。

「讓我好好考慮一下。」

女小壁虎很傷心，她趴在小壁虎的肩上啜泣。

「如果要你留在這裡很困難的話，那麼帶我一起走吧！我們馬上就走！」

「妳確定妳喜歡流動的生活方式，或者孤獨地在異域過日？妳會有一些新朋友，比如風、雲和花朵，但是沒有同類的照應和熱鬧的氣氛。當然，這一切妳沒有經驗過，也許妳會喜歡也說不定。」

她認真地想了又想，遲疑起來。「我——我不確定，我沒有離開過團體，也沒想過要離開，我在這兒一直很快樂無憂。但為什麼你不願留在團體呢？團體生活有它的好處和優勢。」

「不同的生活有不同的趣味，我沒說團體生活不好，我只是不喜歡被制約，不喜歡用刻板的標準模式衡量一切。所有的存在價值都成為須以團體的認同為最高宗旨，而這個價值觀並非全然正確，它往往是人為的扭曲。我就是我，我累了就睡，餓了就吃，我不特別喜歡朝九晚五，並厭惡和他人一直競逐孰優孰劣，永遠在評分比較。」

是的，壁虎家族內部也有所謂強弱階級之分，捕蟲技巧較差的弱勢壁虎往往被分配到最少的食物和最差的待遇，一天到晚還得讓擁有強權的壁虎頤指氣使，只因為他們捕獵的能力遜色於強者。

「這就是我猶豫於參賽的原因，那是壁虎族長一己決定的遊戲規則，卻讓所有與愛無關的公壁虎隨之起舞、躍躍欲試，但這不是我的作風。」

「就算是為了我吧！」她已經快絕望。

「正是為了妳，所以我才如此搖擺不定，如果不是因為妳愛眨的眼睛，我早早就離去了！」小壁虎的心也碎了。

他們靜靜相擁到天明，黎明時分，曙光初現，在這個短暫的拂曉片刻，女小壁虎突然明白了一切——無論如何，不管他們愛得有多深，依照目前情況的推演下去，小壁虎終究是會離她而去，而自己終究是屬於這個壁虎家族的團體。當她決定放手時，她也釋懷了一切。

「我已經明白了，就算不能在一起也沒什麼關係，不管我們在哪裡，聚首或分離，或任憑時空的阻隔，都不能影響我們之間的愛情。我們的愛永遠存在，它會隨時間的行進而更加深刻，它不會因分別而消逝無蹤，而我，我再也不擔心我會失去你的愛了。現在，我要你離開這裡，快快去，否則我的父親將會逼你做出參賽的決定。而參不參賽，已不再具有任何意義，因為我明白愛的真諦是無法用任何行為來證明。」

「但是，我不能把妳留在這裡，和某個不相干的奪標者交配，廝守一生。」

女小壁虎搖搖頭，「不會發生這件事，你一走，我就有充分的理由請求父親取消這次擂台賽，如果真需要舉行，至少延緩到以後，畢竟我還很年輕。但如果你在，父親就會堅持比賽要如期進行。所以，你不必過於擔心。」

小壁虎仍然很遲疑。他的愛人卻變得很果決。

「現在就走吧，再不走，我的心又會軟了。那時我們的痛苦與矛盾又會重新困擾我們，將我們純粹的愛磨碎成片。相信我，這是最好的結果。也許你會回來，也許你不會回來，但請不要給我任何承諾，承諾會讓我分分秒秒活在失去或期待你的愛的傷感之中，那我將整日失魂落魄。我要我們好好活下去，就把一切的未來留給時間去揭曉吧！」

然後女小壁虎笑了，眨著她的大眼睛，「讓我們快樂地道別吧！當你想念我時，你看天上的星星都亮了，眨著眼睛；或者風呢喃著，輕輕流過，向你訴說，我也想念著你。我就是星星，就是風，就是你經過的花朵，就是和煦的朝日和皎潔的月亮，當你擁有每一個喜悅的日子，那種舒暢開懷的感覺，就是與我相愛的感覺，所以你越快樂，你就越深切記住我們愛的樣子。我變成一顆種子，在你的心底萌芽、成長，最後長成你另一條新的尾巴，我們就再也不分開了。」

她笑了，小壁虎卻哭了。他很早就明白一切——在愛的同時，愛已完成。

但他還是忍不住傷心：他得到了愛情，卻也失去了愛情。因為愛情的得到與失去，他的人生變得更完整。

於是小壁虎重返他河一般的旅程，留下他的愛人在農舍屋頂看著星星、月亮、太陽和風，他的愛人有時會想念得落淚，然後天就下了一場雨，雨時大時小，有時連續下了久久一陣子。

一切都很美，就像他們之間沒有承諾的愛情，只有愛的本質，沒有目的，也沒有衡量或任何計算。

6

小壁虎繼續行走在層巒疊嶂的群山間，一路上，他一直思念著他的愛人。

他路過一朵開放在岩壁上的野百合花，對他敞著喇叭狀的笑靨，如同他愛人輕柔的笑，他駐足與她相望，彷彿他愛人深情款款的凝視。他細細體驗這甜蜜的滋味。

到了夜晚，他躺臥在高崗上，看滿天星斗燦亮閃爍，他想這是他愛人的眼睛，不停地對他眨啊眨，他獨自笑起來，他愛人的眼睛原來是星星。

當一場陣雨猛然急遽而落，他躲在一片姑婆芋葉下，千萬點的雨滴，是一串串晶瑩剔透的淚水，他知道他的愛人正在想著他，他掉落在這滂沱的傷心之雨中……

然後，他再度明白了一切，他的愛人始終和他在一起，只要他心中存在著對她愛

的一天，只要保有這份深刻愛的品質的每一刻，那麼，任何時候，任何現下與他互動的生命場景都將喚起這份動容之愛。

一切更美了，生命因為愛而變得更美。

他心中充滿了愛，更高層次的愛——未再局限於特定的對象。他更加愛著此時此刻，更加不受惑於虛幻的未來、無盡追逐的目標。

他翻越一座山，距離壁虎家族的農舍聚落已經很遠，他記下沿途的林相、明顯的標的與前進的方向，以備將來有朝一日返回探視他的愛人。這一道愛的軌跡將延伸得很長，直到地老天荒。

某日，當他在一道潺潺溪河畔小憩，他聽到風吹淙淙竹林聲中，隱約傳來一段清澈動人的嗓音。

「獻給摯愛，獻給摯愛，我最最真誠的心……」

非常熟悉的歌聲，好像在哪裡聽過的？是的，在神秘的蛤蟆王國：蛤蟆巴特的家裡聽到的。那是他們的朋友——芭比的歌聲。

小壁虎奔進竹林裡，追循著歌聲而去。走到迷宮似的竹林內半途中，歌聲戛然終止。他停住腳，再仔細傾聽，聲音消失了，徒留風吹動竹林的沙沙聲響。

小壁虎不免感到一絲惆悵，他暗暗思忖：「這會是芭比嗎？如果是芭比，那她和愛人丁當必定安然地脫離林海險境。是的，這一定是芭比，否則怎會唱這首歌，歌聲又如此相像。」

他索性呼喊起來：「芭比，芭比。」沒有任何回應，竹林的沙沙聲響還在繼續。他又叫了起來：「芭比，芭比。」並在竹林間穿梭，一路呼喚。許久之後，仍無回應，他決定放棄了，決定離開這片翠綠的竹林。這時有隻蛤蟆從岩縫間露出頭來。「你是誰？你怎麼會知道芭比？」是一個女蛤蟆，小壁虎仔細端詳她的臉。嘴巴看起來略大且性感，應該是芭比本人沒錯。他忍不住奔將前去，把女蛤蟆嚇了一跳，趕緊又躲起來。

「芭比，芭比，妳別怕，我叫小壁虎，是傑夫和巴特的朋友。我去過蛤蟆王國，傑夫他們協助我離開那裡，他們很關心妳和丁當的下落，要我碰上你們時，代為致意。」過一會兒，女蛤蟆不再躲藏，現身在岩石上，眼眶盈滿淚水。她輕聲問道：「傑夫他們都好嗎？」

小壁虎點點頭：「他們都很好，也很想念你們。阿普已經從精神病院出院了，現住在巴特家，另一位我沒見過的安地畫家去南方專心畫畫了。」小壁虎頓了一頓，續道，「妳——確實是芭比沒錯吧！」

芭比點頭，看起來略顯滄桑，「那很好。」而後忍住不語。

「丁當呢？他沒跟妳一起出來？」小壁虎未見其他蛤蟆的身影，便好奇地問。

芭比暫不回答，「走吧！你大概餓了！我那兒正好有一些東西，邊吃邊聊吧！」

小壁虎隨著芭比去到她的住處，不算太遠，正在竹林與清溪之間的一處洞穴，他們一路沉默，小壁虎實在很難想像眼前這位神情黯然、鬱鬱寡歡的女蛤蟆，當年耀眼奪目、神采飛揚的巨星模樣。她曾經風靡一時，傾倒眾生。但此刻她掩不住歲月與磨難刻劃的痕跡，甚至連笑都不肯笑一下。

小壁虎擱下手中的食物，禁不住對芭比說道：「請把我當作朋友，告訴我，妳究竟發生什麼事？我看得出來，妳並不快樂！而且——我一直都沒有看到丁當，他出去了嗎？」

芭比沉默好久，嘆了一口悠悠的長氣，終於才願開口說道。

「這故事得從頭講起，而我始終不敢重拾過去，不敢去面對這一切的發生！我已經逃避很久了，似乎也到了該整理一切的時刻。我過得好累，好辛苦，常常懷疑自己，責怪自己：當初如果不是因為我的堅持，丁當和我也不會為了要終身廝守而逃離蛤蟆王國。那是一個愚蠢的決定，當一隻蛤蟆遠離滋養他的土地、他的國家，到達任何的異域，他的所謂烏托邦理想，根本無從實現，只有更深的孤寂與不認同感。沒有朋友，沒有社會共同的價值觀，甚至你不再想批評什麼，因為周遭的種種都與你無關。你只是一個過客，而你不知道哪天將離開這裡，即使你不走吧，你也很難融入這個陌生的所在。」

小壁虎安靜地聽著芭比緩緩的敘述。

「那天我們一起乘船離開蛤蟆王國，帶著朋友們莫大的祝福，我們的心情卻一直忐忑不安，未知的危險等待在前方，但是我們仍然很天真地認為，只要我們在一起就一定能克服難關。我們手攜著手，要為我們的理想勇往直前。那一刻同舟共濟的幸福感就像飽脹的氣球，滿足而洋溢。但幸福感太滿了，未料之後也像氣球一樣脹破了！就在即將穿越林海河域之時，我們遇上河怪——」

說到這兒，芭比突然泣不成聲，小壁虎大約已略知一二。

「河怪一下子就將船打翻了，丁當為了救我，他喊我趕緊游上岸，自己游向另方引開河怪，很快地就被河怪一口氣吞嚥入肚，當我爬上岸時，我已經嚇壞了，被這突如其來的瞬間發生給震懾住了。丁當就這麼消失了，你看著他，看著你心愛的人在你面前就這麼消失了，甚至連屍體都不見了，你開始懷疑這一切是真的嗎？還是一場夢！我神智渙散地喊著丁當的名字，起初是輕輕的呼喚，因為一切都是那麼地不真實，而後完全沒有回應，我害怕起來，聲嘶力竭地吶喊，好像這樣丁當就會現身。然而隔了好長一陣子，丁當都沒有出現，他確實已經死去，確實已經不再存在這個世界，他永遠回不到我身邊了，當我明白這個殘酷的事實之後，我再也忍不住放聲大哭。現在世界留下我孑然一身，沒有丁當，也沒有傑夫他們。只剩我孤伶伶地苟活在這個陌生的異域，所有的夢想轉眼煙消雲散，我想過去死，隨丁當而去，但我最終還是沒死，我如果死了的話，就太對不起丁當為我所做的犧牲。」

「後來呢？」

「我經過長途跋涉，尋找另一個夢土，另一個可能的棲身之處，餐風宿露，每一晚都被可怕的夢魘驚醒。既然已經失去了丁當，我也必須學會獨立自主，學會面對困境，而這大概是此行的唯一收穫，我成為一隻女強蛤蟆，我放棄我的感性，放棄浪漫，也放棄歌。只有在非常寂寞之時，我覺得快要過不下去了，我才會唱歌。歌，帶我回到遙遠的蛤蟆王國，回到那一位散發性感與魅力的女歌手，回到青春無憂的歡樂時光。唱完之後，我才又升起活下去的勇氣，活在這枯索無味貧乏的現實生活裡。最後，我來到這片竹林，心裡想：我疲憊了，不願再四處漂流，不願再去任何的哪裡，只想有個地方讓我倦累的心沉靜下來，反正生命就是這樣充滿妥協與無奈，你能對它再要求什麼？你要的你永遠得不到，你的夢想也像氣球一樣容易飄走。因此我就留下來，沒想到能在這裡遇見你，真是太好了，你聽過我的歌？」

小壁虎點頭，「是的，在巴特家聽的，妳的歌聲很特殊且迷人，剛才我一聽就知道一定是妳，能再為我獻上一首嗎？」

於是芭比又再唱了一次她的成名曲〈獻給摯愛〉。有如天籟的歌喉，唱出了婉約與深情，如泣如訴，清澈得像潺動的溪流。小壁虎沉浸在曼妙的歌聲中不禁想起他的愛人。他的愛人在山另頭的廢棄農舍，也許這輩子他再也見不到她了，但至少他明白她會好好地過著生活，而芭比的愛人卻與世永隔。

「也許丁當在另一個世界過得很好，他一定不願妳為他如此心傷。」

「是的，我也常常這麼安慰自己。再多的傷心於事無補，但有時還是會忍不住傷心。」

他們沿著溪邊散步，小壁虎談及在蛤蟆王國的遭遇，所見所聞，看不見的故園化

成一首詩，聊慰旅人的心。流動的詩也像眼前這道滑落的溪流。

「如果再有一次選擇，我將不會離開蛤蟆王國。」

小壁虎不忍心見芭比一再地陷入得失的痛苦泥淖。

「可是時間不能重來，就像這條河流一樣，不斷往前奔流，所有的過去都已經過去了。妳何不敞開自己去接受這一切，即使遭遇逆境，妳也允許自己可以享受人生，慶祝生命，妳從未失落什麼，妳從來都是那位耀眼的巨星，不管任何的處境都不曾改變這一點，那份耀眼一直都在妳的精神地帶，只是妳把它丟在那裡，妳不願把它活出來。妳因為失去了愛人而讓自己失去活著的快樂。人生的旅程是一趟單純的旅行，沒有目標，當妳設定一個理想的目標，妳將迷失於目標的達成，而失去沿路的風景，妳唯一要做的是投入每一刻的旅途之中。所以，放輕鬆一點，妳其實只要放輕鬆，莫再一味譴責自己，妳放過妳自己，也就回到了家。妳的家在妳的旅途中，而不是蛤蟆王國。」

芭比看著這一道不知從何而來的溪流，不知它將流向何處，一片樹葉被風吹落溪面上，便隨之漂流、漂流，轉眼流向茫然未知。她難道不是那片漂流的樹葉，隨著時間之河經過白晝與夜晚、光明與黑暗、快樂與悲傷……，而所有的種種竟都是生命。

她覺得自己已不再枯萎，像朵玫瑰花一般經過溪水的滋潤而重新復活開放。

她忍不住要去親吻小壁虎的臉頰，「親愛的小壁虎，謝謝你讓我釋放了！」

她原來是一隻熱情的女蛤蟆，現在她的熱情回來了，她的吻讓小壁虎害臊了。

「沒，沒什麼！這也是我的生命經歷。像我，我一直沒有家，但到處都是我的家，當我這麼想時，每一個家都讓我對它格外珍惜，因為這輩子也許我再也不會來到這裡，就算我再來，它也不復原來的面貌，你無法步入同一個沙灘兩次。同樣的，那些經過的場景、交會的生命，也因為這樣的珍愛而益加特別。」

「我會學習去愛生命的！不管發生任何事。」芭比篤定地回答。

天色已逐漸暗沉，一彎新月掛上梢頭。

「時間不早了，你今晚要住在哪裡？」

「別擔心，我就在這溪旁睡一晚，明天一大早出發。」

芭比顯露出離情依依的神情，「那麼，請多保重！」

有一件事讓小壁虎猶豫該不該說出來，他想了一想，

決定告訴芭比，「事實上，傑夫一直深愛著妳，至今都是！」

芭比一聽，怔在那裡，原來在這世界上還有一隻蛤蟆默默地愛著自己。

「哦！傑夫，善良的傑夫。謝謝你讓我知道這件事，但是，我想我無以回報，我可能永遠不會再回到蛤蟆王國，並且我已經有孩子了，在前陣子的交配季時，我和一隻溪岸的公蛤蟆交配，當時我其實只是為了交配而交配，但他一直很善待我，我想現在我應該和他一起照顧我們的小寶寶們。傑夫的愛，我會把它放在心底。」

「那很好，妳已經擁有一個嶄新的生活。」

「我會託經過的飛鳥將我的消息傳回蛤蟆王國的朋友們，之前，我一直沒有隻字片語，是因為所有的情況完全不是眾人期望的那樣，我不願他們失望，更怕他們知道丁當遇難。現在想想，也沒什麼不可說的，是我太自以為是，我以為當一名弱者是可恥的。我一直那麼好強，正因為我是那麼脆弱的，而承認脆弱，也不算難堪的事。」

「是的，相對於大自然而言，自我是脆弱的。當我們沒有比較，也就沒有強弱之分。」

小壁虎目送芭比返回洞穴的家，他聽見她一路唱著歌，悠揚的歌聲飄向天際，「獻給摯愛，世界已經在改變……」

是的，世界已經在改變，世界一直在改變，生命也一直在改變，不管發生什麼，而改變是一件很美的事，改變帶來重生，重新像一個孩子，將好奇的天線伸向天空，接受來自四方閃亮的電波。

7

層疊的山之後，是海。

小壁虎在山的某個高度眺望，看見了這一片湛藍而寬闊的海。他的心又再度震動數下。

他還看見一直在心裡的對象——那隻不知名的大鳥，在海上悠然飛翔。有好久沒有見到他了，是因為和他靠得更近的關係嗎？他看起來似乎更巨大了。然而自己不因此而感到恐懼，反而更仰慕他。

仰慕一個巨大的對象，彷彿愛上變化無邊的海洋一般。晴朗時候閃現迷人的波光，透露著海底珊瑚礁與熱帶魚的神祕，而陰雨霏霏之際，風吹巨浪拍打堤岸，又是

另一番壯觀。無論如何，都讓自己心生嚮往，幻化成一個夢想。

於是小壁虎升起一個念頭：奔向海洋。

他花了很長一段時間才離開山群，而季節已近夏末，山準備換上另一層更斑斕的金黃與橙紅色，海洋則將鎖住繽紛燦爛的夏日時光，要走向蕭索荒涼。鷹，還在海洋上飛，戀戀不去。

小壁虎從岩坡上一路滾到沙灘。這是第一次，沙灘擁有小壁虎的腳印，他看著自己腳印上去的痕跡，覺得好玩極了，便奔跑了整個沙灘。

然後他停歇在沙灘上向鷹招手。他真的下來了，他真的看見自己了。從那麼高遠的半空中能夠目光銳利地發現渺小的自己，真是令人驚讚。這一定是一隻特別的鳥，下降的速度也奇快無比，一下子就把自己叼上了天空。

「喂，大鳥，很久以前，我就認識你了，我總是看你在天上飛。」

大鳥並不理會他，繼續往更高遠的天空飛去。

「沒想到，我也在天上飛了！雖然有一點可怕。」

小壁虎有一點憂慮，但是並不害怕，從高空中俯視世界的感覺真奇妙，所有的一切都縮小了，樹林、河流、平原都退得遠遠，而底下的海洋則像一面琥珀古鏡。

大鳥並不說話，事實上也沒辦法說話，他一開口，小壁虎就會掉到海裡。他迴了一個彎，往海岸線旁的懸崖飛去，停在一個岩洞，這是他的家。

鷹把小壁虎丟在一只巨大的巢穴裡，用尖爪鉤住，目光兇猛地凝視他，一副要吃掉他的樣子。小壁虎嚇了一跳。

「高貴的大鳥，你該不會把我當成食物吧！我仰慕你很久，只是想認識你，並沒有不禮貌之處啊。」

聽到了讚美，鷹覺得自己也該表現高貴的一面。

「沒錯，我確實是世界上最高貴的鳥類。很難得有異類能立即明白這一點，通常

都是被我吃掉以後才在我肚子裡發現。」鷹的頭略略昂揚。
「可是，請先不要吃掉我。」
「為什麼，身為一隻最高貴的鳥類，我可以隨便吃掉誰。」鷹覺得有一點生氣。
「當一個仰慕者還來不及對他所仰慕的對象傾訴表白，就被他吃掉，那豈不是太令人心傷嗎？」
鷹停了一秒鐘，「你真的很仰慕我？」
「是的，雖然你從不知道我的存在，但你在我的生命裡卻具有影響力。你是我見過最會飛的鳥，你飛翔的姿勢很美麗，也很優雅，是的，真的很優雅。你也帶給我一種盼望，盼望有一天能成為你的樣子，擁有生之力量。在許多困難的日子裡，當我一想到你，我就能把困難度過去，一生之中能出現這樣一個生命典範，令人覺得活著也有所依循了。」
鷹被讚美得有點不好意思，但仍表現如如不動的姿態。
「咳——當然，我是很能飛的，我知道如何掌握氣流，並讓氣流幫助我騰越得更高，這樣我的視野才會更寬闊。」
「真好，真令人羡慕。」小壁虎發自內心地讚賞。「像我，我根本沒辦法飛呢！」

「我可以教你。」鷹脫口而出。

「可是我沒有翅膀。」小壁虎揮動兩隻前肢。

「那倒也是，沒有翅膀就不能飛，不過看在仰慕者的份上，我可以教你飛飛看。但即使你是這麼地仰慕我，也無法說服我不吃掉你，我的天性只有高貴，沒有慈悲。一隻慈悲的鷹是很可笑的。」

鷹覺得還是得遵守鷹的生存法則，但說真的，對一隻高貴的鷹來講，像這樣的一個小東西並不難尋覓，他隨便兜兩圈就可以找到比這更豐盛的食物，何況他還算滿喜歡這食物所表現出來的謙遜態度，在這世上，很難得會被其他誰發自內心地肯定，人們窮其一世，不就在尋找被理解嗎？

「來吧，我教你飛翔的技巧。」鷹鬆開鉤爪，讓小壁虎隨他到岩洞旁。

鷹張開翅膀，顯出優美的姿態，真是一雙巨大無比的翅膀，充滿力與美。

「首先，要把翅膀張起來，想像著自由。嗯，這個想像很重要的，那是一個信心問題。如果你想成墜落，那麼接下來等著你的就是無邊的恐懼，而你真的就墜落了。」

鷹示意小壁虎過來，「爬到我身上，抓住我的頸項，現在我帶你去飛一趟。」

小壁虎毫不遲疑遵照鷹的指示，與鷹身體的貼近，使他升起一種親密感，他感受到鷹流動的血液熱度傳遞到自己涼涼的體內。

一陣風來，鷹迎了上去。

「翅膀是一項神秘的工具，翅膀帶著我接近宇宙的頂端，透視生命的奧妙壯觀。而首先一定要和風建立關係，如果無法掌握風的流動，那麼就會被氣流捲走。」

鷹以壯麗之姿，遨遊天際，小壁虎睜大眼睛，看見風疾馳而過。

「當鼓動羽翼起飛後，你得控制翅膀間的羽毛，運用閉與緊的巧妙交錯，產生阻隔氣流的反作用力，順利往前往上；或者讓氣流順利通過，以便雙翼更容易高舉。」

鷹似乎與風在玩遊戲，他緩慢而從容地環繞海岸線一圈，小壁虎再度地與海洋相遇。那充滿最後夏季裡湛藍色與珊瑚礁熱帶魚的活潑區域，令小壁虎的細胞忍不住如蝌蚪般地跳動。

「走，我們在海洋上散個步吧！」鷹突然開心地提議，顯然是他的特別喜好。

鷹所謂的散步就是滑翔飛行，他靜靜張開翅膀，徐徐下滑、下滑，行進的曲線起起伏伏，完全地釋放自我，連小壁虎也感受到這種滑翔的輕鬆趣味。他忍不住笑起來。

「真有趣。」他笑得呵、呵、呵的。

接下來鷹又有驚人之舉，「走，我們再去玩熱氣團。」

這是更特別、更富技巧性的乘風飄舉動作，此刻太陽高懸天空，將地面曬得熱熱的，形成上升的熱氣團。鷹乘著熱氣團也隨之上升，順著熱氣團的弧度，開始繞圈子，一圈，兩圈……無數圈，小壁虎跟著繞圈子，他太興奮了，樂不可支，差點就從鷹的身上鬆手掉落。

他們玩完了一個熱氣團，「還要再玩嗎？」

「好啊！」

他們又進入另一個熱氣團。小壁虎享受著遊戲的快樂，啊，真的好快樂啊，是的，人生也可以這樣快樂地過著，不需要沉重與悲傷。

他們的遊戲終於結束。鷹微笑著，以極柔和的語調問著小壁虎，「有趣嗎？」

「嗯，不過我還是不懂怎樣去飛，因為沒有翅膀，所以很難體會其中的奧祕。」

「你陪我度過一個快樂的下午，很久以來我一直孤獨地生活，很難得有個同伴和我分享快樂。」鷹坦承地說。

「為什麼你這麼孤獨呢？」

「因為我站在鳥類中很高的位置，越高的位置就越孤獨，我得隨時擺出尊貴的模樣，所有神經都必須緊繃著，反應必須敏捷快速。我的外表是如此尊貴，內心卻愛玩，尊貴不能帶給我愉悅，玩耍卻能使我真正地快樂。當然也不會有人瞭解我好玩的部分，更別說擁有同伴。」

「那我是你的同伴嗎？」小壁虎小心翼翼地問。

鷹大笑幾聲，「當然，你是我的同伴，你很有禮貌，而且你不畏懼我。當你一開始趴在我身上時所表現出來的信任態度，相對地也讓我對你產生信任，你不怕我會把你摔下去。而之前，當我叼著你時，你也不擔心我會吃掉你。」

「你真是一隻很特別的鷹。」小壁虎由衷讚賞。

「不，應該說你是一隻特別的小壁虎，因為你自己的特別，才會讓你的周圍特別起來。而我不過是一隻普通的鷹吧！我很高興能夠認識你，與你一起遊戲。」

他們又在一起玩耍了好幾天，飛在天空的頂端，心胸愈加高遠而開闊，世界變得渺小，小得讓人不再凡事斤斤計較；小得讓所有刻意追尋的目標顯得毫無意義；小壁虎重新像個孩子鳥瞰奇異的海洋，聽風在空中飛舞的聲音，那聲音竟和之前密林間安靜的聲音如出一轍，都是一種宇宙內在的和諧，原來萬物都為一。

他離雲更近，雲流來，雲流走，現在他明白了：老蜘蛛要他抬頭看雲的原因了，原來生命的行進便是一場雲的軌跡，自由來去、無向飄動。生命是此時此刻，像雲一樣享受現在的狀態，不管任何狀態，都去歡迎它，擁抱它，這就是自由。當你自由之後，生命將帶給你各種不同的驚喜。

他也明白了鷹為何如此自由，因為他一直飛在這樣宏觀的角度，一如自己現在也是。而他記住了這個角度，以便未來當他陷入狹隘的自我設限時，他的心將再度提醒他：啊！想想，在雲端漫步的情景呵！

他還看見在某個草原上，一群正在練習飛翔的小鳥，母鳥守候在一側，卻不理會他們飛得搖搖擺擺，一副事不關己的樣子。但是看見鷹在天空盤旋，便緊張地呼叫示意，一會兒，全都飛走。

他對鷹說：「他們害怕你。」

鷹仍維持優雅的姿態，「這是大自然的法則，雖然說有點殘酷，但無所謂善惡之分。任何的傷害都是生命必經的過程，你不能保證世界永遠充滿美好，你也不可能讓你的孩子們永遠躲在你的羽翼之下，那他們只會更懦弱，你只能教導他們生存的技能，而傷害也沒那麼壞，它往往帶來智慧和成長。每一個孩子都會自己成長的，鳥該飛的時候，他就自己會飛，這是鳥的本性，剛開始一定飛得不順暢，但多練習幾次就行了。」

「你有孩子嗎？」

「是的，我有一些孩子。他們長大了，在他們的天空裡飛翔，他們屬於他們自己。有時我們會在秋冬季節相會。」

遲疑了片刻，小壁虎終於還是問：「現在，你仍想吃掉我嗎？」

鷹不言語，眼睛望向天空。

「很感謝你帶給我一段特別的遨遊經驗，真的太美好了，能夠這樣地死去也覺得非常棒。」小壁虎再次向鷹致意。

鷹終於回答了，「我不會吃掉你的。」

「可是——這樣不是會違反鷹的原則？」

「沒有可是，當你與某個誰有了互動，產生了愛與瞭解，就沒有所謂原則問題，令我難過的是我們很快就要告別。你看天空的顏色已不若夏日時分的亮眼豔麗，它將變得更清遠而灰鬱，季節即將變換了，而這一個秋季我將尾隨我的孩子們去到南方。」

一隻動了真情的老鷹，卻不忘叮嚀：「我喜歡你在我面前真誠且勇於表達的樣子，許多人總是畏懼鷹的威猛，而以虛情假意來掩飾自己，那令我不屑。記得永遠要保持這個真誠的特質，不要淪為一名政客，更不要盲目取悅任何人，除非那發自你的真心真意。」

小壁虎點頭，他笑了一笑，「那麼，我們相約明年的春天在沙灘見面，你可不許再要吃掉我。」

鷹也笑了起來，繼續留戀最後之夏的繽紛天際。

秋天的第一天，天氣還晴燦非常，太陽才剛升起，第一朵朝霞映照在海上天空，老鷹的孩子們已經出現在洞穴口，來接他們的父親一起南下。

「現在，我們要說再見啦。」

「再見，我的朋友。」

「再見。」

鷹轉身旋即飛走，奔向天空。高貴的鷹討厭難堪的分離場面，他匆忙逃離現場，萬一落淚了，那豈不是太失態。

小壁虎看著他們離去，突然有一種不捨的情緒，很想叫鷹再回來，但又有一種釋懷的感覺，覺得有某件重要的事已經完成，是什麼事呢？

鷹飛得很快，天空中已經一片寂然。

無論如何，他深信這隻高貴的鷹本性裡絕對帶有慈悲。

8

秋天完全降臨了，轉眼小壁虎已經旅行兩個季節。秋天像一首詩歌，抒情而略帶憂鬱，山的林木顏色已起明顯的變化，金黃與橘紅穿插在更呈暗綠的樹葉間，調和成無可比擬的燦爛色澤，他的愛人正藏在這連綿的彩繪之中。

而此刻他重返冷清的沙灘，看著浪潮拍打著岸，海，無邊無際，他甚至眺望不到水平線。秋天來了，冬天也將到。他必須在這個季節好好大吃一頓，將能量儲藏在新尾巴，以備冬眠時不吃不喝、身體所需的消耗。而最重要是，他得找到一個適合冬眠的棲身所，他有點想念那個舊閣樓，但不知如何回去那裡，他輕笑一下，把這個執著的念頭丟掉。他已經是一隻大自然的壁虎了，已經茁壯成長，可以四處為家。

他仍眺望著寬闊的海洋，沉醉與鷹遨遊的樂趣。從沙灘另端一路延伸而來一個孩子的腳印，他來到小壁虎的身邊，與他一同眺看著鴿灰色的海。

孩子蹲下來，張口向小壁虎說話，「嗨！小壁虎。你也在看海嗎？」這孩子會說動物的語言，看起來頑皮而天真。

小壁虎看著這只有兩隻腳的陌生異類，心裡疑問，「他怎麼會說動物的話？難道是自己聽錯了嗎？」

沒錯，孩子又繼續說話，彷彿看穿他的疑惑，「你不必懷疑，我是會說動物的話。」

他微笑起來，一張純真的臉龐霎時充滿了光，那是朝日的光。

「因為我是一個掉落凡間的精靈，我不小心丟掉了翅膀，這是一件很不幸的事，我即將升格為天使，卻迷糊地被彎彎的月亮鉤掉了翅膀，沒辦法我只好來地球找它，我叫海子，是地球的漁夫父親為我取的

名字。請問，你有看過我的翅膀嗎？」

小壁虎認真地想了一想，搖搖頭，「很抱歉，我不知道你的翅膀長怎樣，鳥的翅膀我倒是見過的。」

精靈海子稚嫩的臉露出一絲懊喪神情，「那也沒關係，我再認真找找吧！應該掉在這一帶沒錯。」

海子四下看了看，沙灘只有腳印的痕跡，別無其他，「如果掉在海裡，海浪也許會把它沖上岸。」

他的目光又落到小壁虎身上，「你怎會跑到這裡，小東西，你也在找翅膀嗎？」

小壁虎被逗得笑起來，「我沒有翅膀，我的朋友老鷹才有翅膀。我只是旅行來到這裡，馬上就該走了，我得去尋找我的冬眠場所。」

「也許我們曾經見過，我覺得你很眼熟。」

這個孩子真好玩，儘說一些奇怪的話。

「我是一隻小壁虎，是很多壁虎中的一隻，在山上的一處廢棄農舍，有我無數的同類住在那裡，我和他們長得一模一樣。而你，你是一個精靈，我們不可能見過面的，除非你遇上了我的同類。」

海子很鄭重其事地回答，「不，你可能也有一雙翅膀，相信我。我們可以一起去找翅膀。」

小壁虎搖頭，「我只要找一個冬眠的場所，我真的不需要翅膀。」

「冬眠？你需要睡一整個冬天嗎？」

「是的，我是一隻冷血動物，冬天太冷，如果我不蟄伏的話，將會被凍死。去年的冬天，我就差點死了。」

「死並不可怕啊！」這個小孩確實愛亂說話，連死亡這種事都輕鬆地脫口而出。

「或許對於精靈而言，死並不可怕，因為你本來就不屬於這個世界。」

他想到還有一個誰也是不怕死的，那是烏龜龜毛，但龜毛可以活個一百來歲，可能還不止。他當然是不怕死，因為他活夠久了。

海子索性坐下來，坐在柔軟乾淨的沙灘上，他暫時把他尋找翅膀的事丟在一旁。

「死亡是生命最重要的事，生命被誕生在這個世界，就是來學習死亡。而一個精靈來到了人間，也是得經歷死亡的。死亡最終的結果就是重生，那是一件值得慶賀的事。花朵會綻放、也會枯萎，但花朵不會因此消失，她將再重生。所以，當你接受了死亡，你也更瞭解了生命，你將明白世界是一個變動的幻象，你不會要自己執著於一個幻象，你甚至不必追求安定，誰能把安定建築在一個變動的幻象之中，當你放棄了追求安定，你就更無所畏懼、更自由地為每一刻而存在。」

「你怎麼懂得這麼多？你不過是一個孩子！」這個孩子無論如何看起來一點都不世故。

「你剛剛說得沒錯，因為我是一個精靈啊！」不但是精靈，還是一個調皮的精靈呢！「但是精靈也有精靈的煩惱。」

「比方說要去尋找失落的翅膀。」小壁虎學著他頑皮的語氣。

「是啊！你也不可能到處對人們說：喂！我是一個精靈，你有沒有看到我的翅膀？人們會被你嚇壞了。人類已經完全脫離了自然，自創一個可笑的社會規律，然後把自己奴役在其中，他們失去了原始的感知、失去了想像力，他們累積許多無用的知識，卻不知道自然真正的運行之『道』，知識只讓他們升起更大的分別心，生活得更狹隘，卻無法產生洞見。但是動物就不同了，動物就算知道我是精靈，也不會嚇一跳的。」

「其實一開始我是嚇一跳的，你竟然會說動物的話。」小壁虎不好意思地據實以告。

「我喜歡和動物說話，他們懂得傾聽。而人們卻只顧著表現自己的想法，以為有獨到之處，他們四處給予意見和批評，卻忘了該去面對自己真正的問題。」這個精靈顯然對人類很有意見。

海子拍拍屁股，站了起來，「你看，我也學會人類的壞習性，只顧著批評，卻忘了該去尋找我的翅膀。」

他的小手攤開來伸向小壁虎，「上來吧！我們離開這兒吧！你想去哪裡，我可以順便載你一程，否則我看你要走很久呢！」

小壁虎跳到他的手掌心，海子小心翼翼把他塞到衣服的小口袋，露出一個頭來。

「我不知道該去哪裡，最好是一片綠地，綠地裡有我需要的食物，我還可以找個小洞穴好好地準備睡一個長覺。」

「這附近一帶的地理環境我很熟悉，我經常和鳥在一起玩捉迷藏，也常自己一人到處探險，可是沒有你說的綠地。」海子又想了一想，「但是，我曾在小山崗頂上，眺望過山另頭的遠處好像是有片小小的草原，因為距離有點遠，所以我沒去過。走吧！我們去看看吧！」

小壁虎兩隻前肢緊抓著海子的衣服口袋邊上，海子走起路來跳啊跑的，像一陣風似，把小壁虎晃得有點頭暈，但他可樂得很，還哼著孩童的歌，看起來完全是一個活蹦亂跳的男孩，誰會知道他是一個流浪到地球的精靈呢？

小壁虎突然感到一陣鼻酸，這樣一個可憐的小精靈，也許找遍全世界也找不到他遺失的翅膀，那他將繼續孤獨地流落在茫茫人群中，他雖然長得和他們一樣，內在卻完全不同，他甚至沒有一位人類的朋友，沒有人會在意他，關心他，幫助他……，小壁虎越想越難過，忍不住潸然而泣。

海子摸到口袋一片溼濡，他雙手捧著小壁虎，舉到面前，「啊！怎麼哭了，小壁虎，是為我難過嗎？」

小壁虎邊哭邊點頭。真不愧是精靈，一下子就猜透小壁虎的心意，他用手指頭為小壁虎揩掉眼淚。

「別為我傷心，我一定會找到我的翅膀的。我也不寂寞啊！我有很多動物朋友，我的地球父親漁夫也待我很好，我還有另一個精靈同伴，他也是來人間尋找他失去的翅膀，雖然我們沒見過面，但想到在世界上還有另一個和我一樣蠢的精靈，正在做同樣的傻事，我就覺得很有趣。我有感應，我們終會碰在一起。之前，我還以為他是你呢！再說，精靈升格為天使之後，就是來地球當守護神，所以我提前到這裡實習也沒什麼不好！」

小壁虎仍然邊哭邊點著頭。

「真的別哭了，我的遭遇沒那麼壞，你只要想我是到此一遊就好啦，要是這輩子找不到還有下輩子啊！我大不了一死，死了再重新生出來。」

「你別再說死的事了，你已經夠可憐。」

海子拍拍小壁虎的頭，「我並不可憐，認為我可憐的是你的想法，你只是把這想法投射到我身上。死亡也不是一件悲劇，死亡就像一首詩，生命的終極就是在為死亡做準備，死亡是生命的最高峰，它將帶來前所未有的釋放。你可以練習死死看，也許你就會愛上死亡。」

「怎麼個練習法？」小壁虎暫時不哭了。

「很簡單，隨時死亡，隨時重生，看看我，和前一刻有什麼兩樣？」

小壁虎很仔細地上上下下端詳海子一遍，「沒有不一樣啊！」

「之前一刻的海子已經過去了，已經隨時間死掉了，現在站在你面前的是一個不帶有任何過去的海子。用你的心感受一下，過去的小壁虎已經死亡，新的小壁虎生出來了，試試看你會有什麼樣的感覺？」

「有一種新鮮的感覺，充滿活力和朝氣，很有力量。」

「對！這就是死亡。那你還怕什麼？」

「未知的去向，像一個黑洞，也許會永遠出不來。還有死亡時的痛苦。」

「你把死亡想得像是一個魔鬼，不對，死亡是天使的祝福。當你死亡之後，你將進入宇宙的整體，所有的有限都將成為無限，所有的束縛都將成為自由，所有未知的神祕都將被揭開，死亡一點都不痛苦，是你的恐懼讓它變成痛苦，是你的想法讓它成為一個悲劇。記住，隨時觀照死亡，隨時重生，就是一項生命的盛禮。」

生命的盛禮？原來死亡與重生就是龜毛所說的生命盛禮，那也是宇宙內在的和諧，那也是密林安靜的聲音，那也是風在空中飛舞的聲音，那是萬物為一的境地。小壁虎有點懂了。

「太好了，小精靈，你讓我更瞭解生命。」那確實是一位精靈沒錯，他說的話是宇宙的風鈴，叮叮噹的，真好聽。小壁虎終於不哭了，他徹底地開心起來。

「那麼我不再可憐了吧！我們可以出發去找那一片草原，你的冬眠場所了吧！」

「嗯！出發吧！」

他們玩起來了，像一支探險隊前進山崗頂上，在那裡，他們真的發現遠遠的所在有一處草原，對他們散放綠綠的光亮，他們歡呼起來，而那竟是小壁虎初春時發現的野地。

9

所有的圓都將回到起點，就這樣小壁虎回到原點，回到他春天甦醒的野地。

有些夏天瘋長、茂盛的綠草已經失去活力，它們也準備死亡，來年再生。蟋蟀們開始叫了起來，秋蟬也鳴唱。秋天的光更柔和，更具魅力，打照在蕭條前展現最後華顏的山色。

小壁虎記住通往群山的途徑，他花了大半年的時間繞了一圈，他知道未來該從哪個方向去尋訪他的愛人，但是他不急，那是明年春天的事。

明年春天，他還和老鷹相約在沙灘見面，他可以請老鷹載他一程。如果那時小精靈海子在的話就好了，但他更希望他及早尋回失落的翅膀。

現在所有的動物都準備安靜睡一場覺，沒有冬眠習慣的動物，也減少活動，將心收斂起來，讓身體好好休養一番。小壁虎將新尾巴餵大了，但他一點都不貪心，一切都很剛好，不太多也不太少！「適度」是很美的，「適度」的美就像一首詩。小壁虎詩人的特質，讓他更懂得「適度」。慾求的貪婪，就像耽溺於食物那樣，一直吃、一直吃，最後總要把那多餘的東西嘔吐出來，才會暢快，但也不必過於克己節制，自然地順著身體的需求就好。

他在野地邊角，一片歐洲蕨遍布的所在，找到一個適合冬眠的隱密洞穴，旁邊有十幾棵傘狀樹葉的高大筆筒樹，陽光飄灑穿過張開的葉縫，像是一個悠閒的度假場所，小壁虎想：太好了，這裡真不錯。

他清理著洞穴，讓它更加舒適，他將在這裡待很久，待上整整一個冬季。

這時，一旁的筆筒樹竟然說話了，「你這樣很不禮貌，你沒有經過我的同意就擅自霸佔我的家！」

小壁虎不理會筆筒樹的憤怒，他甚至連看也不看一眼顫抖的樹葉。筆筒樹更生氣了。

「你竟然這樣不尊敬我，我已經這麼生氣了。」

小壁虎絲毫不懼怕筆筒樹張牙舞爪，樹葉抖動更劇烈。他慢條斯理把家收拾妥當，終於抬起頭來對著筆筒樹說話了。

「小龍，下來，別鬧了！我肚子餓了，我們一起去找食物吧！」

筆筒樹的樹葉停止搖擺晃動，從樹頂滑下一隻綠色的變色龍，原來是變色龍在逗弄著小壁虎！他一直留在野地裡生活，脾氣改了不少，不再一副全世界都虧欠他的樣子。現在小壁虎回來了，他們又成為好朋友。

他們一路玩耍著，追來追去的，享受奔躍的快感。最後他們爬上了巨樹，伏在樹枝上休息，小壁虎眼睛瞇成一條縫，又睜開，他看見他的閣樓矗立在稍遠的山坡下，他的閣樓——喚起了他過去的記憶。

那一個極寒冷的冬天，充滿絕望的冬天，一隻剛誕生不久的小壁虎與一隻即將死去的老蜘蛛在閣樓邂逅，只是一個晚上，一場生命經驗的互動怦然開始——從那一刻起到現在，無數的日子過去了，小壁虎沒有死，他重生了！他經過死亡，更明白誕生的可貴，他不再害怕死，他瞭解了死亡與誕生正是一場生命的盛禮，所有現下的每一刻都是宇宙最深的祝福，而他要做的是把生命活出來，無論花開，不管葉落。

他微笑著，安靜地睡著了。秋天，更深了。

國家圖書館出版品預行編目資料

再見小壁虎／鄭栗兒著； .——初版——臺中市：好讀，2019.08 面；　公分，——（小宇宙；16） ISBN 978-986-178-497-7（平裝） 863.57　　　　　　　　　　　108009833

好讀出版

小宇宙 16

再見小壁虎

填寫線上讀者回函
獲得更多好讀資訊

作　　者／鄭栗兒
繪　　者／蔡豫寧
總 編 輯／鄧茵茵
文字編輯／林泳誼
美術編輯／廖勁智
封面設計／鄭年亨
行銷企畫／劉恩綺
發 行 所／好讀出版有限公司
407 台中市西屯區工業 30 路 1 號
407 台中市西屯區大有街 13 號（編輯部）
TEL: 04-23157795 FAX: 04-23144188 http://howdo.morningstar.com.tw
（如對本書編輯或內容有意見，請來電或上網告訴我們）
法律顧問／陳思成律師

總 經 銷／知己圖書股份有限公司
106 台北市大安區辛亥路一段 30 號 9 樓
TEL: 02-23672044／23672047 FAX: 02-23635741
407 台中市西屯區工業 30 路 1 號 1 樓
TEL: 04-23595819 FAX: 04-23595493
E-mail:service@morningstar.com.tw
網路書店：http://www.morningstar.com.tw
讀者專線：04-23595819#230
郵政劃撥：15060393（知己圖書股份有限公司）

印　　刷／上好印刷股份有限公司
初　　版／西元 2019 年 8 月 15 日
定　　價／ 250 元
如有破損或裝訂錯誤，請寄回台中市 407 工業區 30 路 1 號更換（好讀倉儲部收）

Published by How Do Publishing Co., Ltd.
2019 Printed in Taiwan

ISBN 978-986-178-497-7